从今以后，

你守护星星，

我守护你

银河与他的猫
杨清霖 著
·甜甜初恋·
喜欢的人
终究会在一起
上海故事会文化传媒有限公司
上海文化出版社

·作者简介·

杨清霖

| 小 花 阅 读 签 约 作 者 |

一个傲娇系岭南姑娘，文学生，偏爱书与奶茶。
外冷内热型人格，但永远屈服于温柔。
享受不断感知新事物的过程，将文学视为终生梦想。
希望穷尽一生写出有温度有价值的故事。

已出版：《亲爱的少年，久等了》

/ 作者前言 /

献给无名天才与苍茫星空

构思这个故事的时候，面对科学家与乐手这两个在感性和理性层面产生极端冲突的设定，我尝试去寻求二者之间的共通点与平衡点，最终写下了两个命题：天赋与规律。

大概每个人小时候都有过关于天才的幻想，高智商、超能力，抑或只是和别人有的一点不同，在天马行空的想象中，坚信自己会成长为不一样的大人。

但渐渐长大之后，发现那点不同之处也没什么了不起的，在生活面前不堪一击，并且维持那点不同反而会被丢下或排斥。于是尝试着向世界妥协，藏起天赋，先成为一个被接受的人。在群居的社会当中，“合群”往往比“成就”更重要，更何况没有人能够摸得清那点天赋是否能够支撑自己成为不一样的人。

在书写这个故事里那几位天才时，我一直在思考，天赋是什么？真正的天才是什么？是仅仅拥有一些与生俱来的才能就足够了吗？越思考越演化成了“伤仲永”那样老生常谈的话题，我想天才实际上就是天赋加之无数倍的坚持与努力。我相信“天赋”是一种消耗品，当它被久置不用，很快就会过期蒸发，如一缕青烟一般四散无踪。就像小时候非常擅长画画的孩童，若你强迫她放下画笔好几年，再拾起时必然已经一窍不通，作品与从前相比则是云泥之别。

因而我想，世间每一位仍在坚持着自己某一些不同之处的人，都可以被称之为天才。不必要功成名就、不必要所有人都见得到他们的所为，因着在这世间与汹涌而来的同化与未知作斗争已然是非常艰难的事情，而那些天才竟然独自战斗了这么这么多年。

故事里的温行止，也是一位向往星空的孤独少年。我想，用白鹤林先生的诗句形容他最为合适：“从童年起，我便独自一人照顾着历代星辰。”我们所见的星空孕育了太多，从最基本的碳原子起，到构成我们身体的无数元素，全部来自于恒星大爆炸，来自于我们从儿时起就仰望的这片星空。因而每当有什么非常艰难的事情或情绪横亘在我眼前时，我常会安慰自己说，没关系，我们只不过是星星的孩子，和植物、微尘没什么两样。

当人类能够准确摆正自己的位置时，很多过不去的事情往往轻而易举就过去了。我是一个非常痴迷于宇宙的人，我向往所有未能被探索开发的世界，而宇宙的迷人之处偏偏在于，它明明看起来近在咫尺，但当你伸出手去的时候，却连一点光辉都抓不到。好像人类悠悠然活了这么长的时间，在宇宙的时间尺度上也不过是微小至极的一瞬间；就像我们铆足了劲想去成为什么样的人，但最后也不过是拿了一个及格分，还没来得及想清楚什么就过完了飞逝般的一生。

但尽管如此，人类仍然坚持着探索宇宙。即便人类的寿命转瞬即逝，仍然有无数的天文学家、物理学家前赴后继地想要揭开宇宙万物运转的核心奥秘，想要在杂乱无序的星空中建立起属于人类的秩序。

所以我想，这样的规律放置于人类社会中同样适用。不管你决定成为什么样的人，不管有没有成功的可能，最重要的是去坚持做些什么。我不知道一万小时定律是否正确，但我知道世上绝对没有坐享其成的自由和幸福。虽然说世上正是因为有了相似的大多数，才显得疯狂的天才们那样惊世骇俗，但我仍然祈愿，每个人都能在洪流一般的世俗文化里拥有一些属于自己的东西。在那个世界里，你拥有属于自己的星空和自由，你是主宰自己的天才少年。

去做吧，别害怕，宇宙都很温柔。

放轻松，就当漫游地球。

目录

目

录

Chapter 01

the Galaxy and his cat

“温行止。温柔的温。”

（1）

九月的美国波士顿，天空是彻底纯粹的蓝色，炽烈的阳光张狂地在头顶上曝晒。齐卿卿整理好行李后上车，坐在最前面的带队助理阿宁略带兴奋地朝她招手，给她看手机上的微信名片：“信科院那个一米八九的营员的微信我搞到了，要吗？”

齐卿卿曾一度怀疑阿宁和音乐学院教研办公室的所有老师一样，副业都是开婚姻介绍所的。她没比齐卿卿大多少，本科毕业之后留校任职音乐学院的教务老师，以迅雷不及掩耳之势投身婚姻生活，然后不负众望地在工作中被教研办公室老师们同化，拥有了大学老师们一贯自称严肃正当的业余爱好——打麻将和给人介绍对象。

齐卿卿曾经担任教研办公室的老师助理，在第一次和老师们聚餐的时候，她的脱单大业便成功上升成了整个办公室的光荣使命。只可惜，不知道是她命犯孤星，还是办公室的老师们天生“毒奶”，每次想要介绍给齐卿卿认识的男孩儿全都会在隔天顺利恋爱，以至于到现在大三都要开学了，齐卿卿脱单的光荣使命仍然没有完成，俨然已经成为音乐学院教研办公室的十大历史遗留难题之一。

齐卿卿还没来得及回答，阿宁就突然一拍大腿，懊恼道：“他刚发的朋友圈，居然这么快就和坐在他旁边的那个法学院的女学生在一起了！”

又一次成功地反向“毒奶”。齐卿卿有些无奈地笑出声，大巴在这时启动，往此次研学营要去的校区驶去。阿宁窝进座椅里，一边滑着手机，一边和齐卿卿闲聊道：“这次研学营，我一定要帮你追到一个男朋友！”

“是吗？去年冬令营时秦老师也这么和我说的。”

“冬令营不一样！这次咱们可是去世界排名第一的大学，而且K大研学营的脱单率，你不知道吗？”

关于K大“去研学，必脱单”的传闻，齐卿卿倒是早有耳闻，再加上刚才那件事作为辅证，确实由不得人不信。只是她的态度和多数人认为的不同，尽管也一直期盼着在尺璧寸阴的大学时光里能遇到一个交付满腔热情的人，但从来不是饥不择食的那一类。

齐卿卿总觉得，那个人会在某一个合适的时间里，就会非常恰当地带着满身的光和温柔出现在她面前。也许会晚一些，但也会更好一些。

“说真的，齐卿，你喜欢什么类型的？”

齐卿卿的回答显然已经经过千锤百炼：“男的，像也可以。”

阿宁差点踹她：“你正经点儿！”

“喜欢——温柔的，聪明的，成熟稳重的……”

阿宁了然地挑眉：“我以为你这种条件的，对男朋友的要求也会高上天呢。”

齐卿卿拍拍自己的大提琴琴盒：“是吗？我刚才在说我家大提琴的择偶标准呢。”

“……”

大巴很快到达校区，分配好寝室之后，阿宁被带队教授派遣去跟进研学营开幕式的彩排，她拉上身为助理营员的齐卿卿就往讲学厅奔。

按照地图上的指引，两人跑过灰色的羊肠小道和稀疏的草地，顺利进了校园中心的电梯，准备到六楼的讲学厅去。齐卿卿深呼吸平复着心跳，电梯行到三楼时突然走进来一位穿着白衬衫的亚洲人，柔顺的黑发和宽阔的肩膀，像古典画报里走出来的英俊青年。他嵌进电梯原本沉默的空气里，站在他右侧的齐卿卿明显听到了自己再次加快的心跳声。她难以自控地看了男人好几眼，然后压着声音里不知来处的紧张，凑到阿宁耳边问道：“他……会是华人吗？”

阿宁答：“难说，这儿在咱们国家的录取名额一般是个位数。”

齐卿卿点点头，就连这次K大夏季联合交换研学营的名额都差点抢破头。这所世界级最高学府的录取名额竞争只会更加残酷激烈。想罢，她又偷偷抬眼去看男人，不是令人惊艳叫绝的精致脸庞，但胜在清秀且斯文，五官周正深邃，简直是按照她的审美来长的，让她怎么都移不开视线。

电梯快到五楼，减速感从脚下逐渐蔓延上来，齐卿卿想着反正对方也听不懂中文，就没有必要掩饰自己的情绪，在电梯门“叮”的一声打开时，像是自言自语又像是和阿宁说话一般，感叹道：“长得好好看……”

这回男人忽然有反应了，转过脸来看齐卿卿时，一双狭长而漆黑的眼睛里带着隐忍的笑意，他用非常标准的中文来了一句：“谢谢。你也很漂亮。”然后长腿一迈出了电梯，将尴尬到凝固的空气留给齐卿卿和阿宁。

齐卿卿难以置信地瞪大眼睛，一时间惊愕、欣喜和微窘统统涌上来，她和阿宁面面相觑了十秒，才终于问出一句：“我刚才……

是不是特别‘痴汉’？”

阿宁柔着声音想安慰她：“还好还好，九分‘痴汉’一分真诚……”

“你这样会把人安慰死，你知道吗……”

到达讲学厅后，阿宁忙着和对方学校的代表对接，齐卿卿则被差遣去门口做彩排签到的工作。

半小时后，阿宁来检查，正好有一个姓“sugarman（糖人）”的英国女生来签到，齐卿卿笑着道：“她真的长得特别甜欸。”

阿宁趁机揶揄她：“是吗？那你喜欢温柔的，咱们就给你找个姓温的？”

齐卿卿红着脸笑，突然听到身侧传来一个声音，是低沉且极其温柔的男声：“你好，在这里签到对吗？我是物理学院的教授代表，姓温。”

齐卿卿猛地抬头，撞进眸里的竟然是刚才在电梯里遇见过的俊美青年，剑眉飞扬，星眸漆黑，像是一潭深水，清澄且直入人心。她感觉心里像是有什么被猛地打翻了，感觉阿宁倒抽的那口凉气真是抽出了自己的心声，她手忙脚乱地翻起桌上的花名册，磕磕绊绊地问：“嗯，嗯，您的名字是？”

“温行止。”他慢条斯理地回答，颇有耐心地重复了一遍，“温柔的温。”

齐卿卿惊愕地再次抬头，看着温行止人畜无害的表情，确信他刚才并没有听到自己和阿宁的对话，脸却还是不争气地蒸成了粉红色。

温行止微笑着问齐卿卿：“怎么了？”

她无厘头地答：“我、我叫齐卿卿，三公九卿的卿，带后鼻音的。”

齐卿卿看到温行止的神色明显一僵，才惊觉这哪是自我介绍的时候！

她懊悔地埋下头，胡乱地找借口想把话题带过去：“我的意思是，那个，如果每个人的姓氏都要按照自身特点分配的话，以我的智商，可能要改姓笨之类的……”

温行止看了一眼齐卿卿身上浅紫色的研学营T恤，正色答：“K大是国内的顶尖学府，你能考上，证明十八岁之前你的脑龄是正常发育的。”

齐卿卿心想他果然是个物理教授，虽然还这么年轻，但说话时理论是一套又一套的，正经之中又透出一股难以言说的可爱。她继续翻花名册，但没忘记接话：“我是音乐生……”

“是吗？”温行止像是饶有兴致，又像是随口一问，“学乐器？”

“大提琴。”

他毫不吝啬地赞叹：“古典弦乐，不错。”

这时齐卿卿找到了温行止的名字，用笔勾画过之后表示签到完成。

温行止翘着嘴角道谢，整个人被斜斜照入的夕阳光芒笼罩住。齐卿卿觉得他浑身上下散发出一股和年龄不符的温润感，又透着点儿神秘，让人如雾里看花一般看不分明。但她清楚地感觉到的是，自己一直幻想的某个人会带着满身的光和温柔出现的时刻——就在现在到来了。

（2）

这次夏季联合交换研学营为期十四天，是和正式的 Summer School（夏校）同等级的官方项目。学校会为国际生提供和本校大一新生同等的住宿条件和课程设置，安排的实验活动也囊括学府内各种著名研究项目，可谓是含金量巨大。此次 K 大一共选拔了十五名学生参加，都是来自不同学院里最优秀的学生。

开幕式定在到达后的第二天，作为音乐学院唯一的代表，齐卿卿免不了被点名要求上去拉琴。十几个小时的时差还没来得及倒，她在隔天早上背着比她还高的琴盒独自在校园里兜兜转转将近二十分钟，都没能在没有阿宁的情况下找到去讲学厅的路。

校园里到处都是棕红色的欧式建筑，草地被绿色的栅栏分割，形形色色的观赏树下是背着书包匆匆赶去上课的本校学生。齐卿卿转得晕了头，停在某个学院门口准备逮个人问问路，正纠结着开场白时，听到身后有刷卡出门的声音。她福至心灵般一回头，看到那张算不上熟悉但绝对不陌生的脸。

是温行止。

他还是一身正式的白衬衫和黑西裤，外套搭在臂上，手里拿着一个不小的星系模型，有几颗星球还没来得及组装上去。齐卿卿一惊，那天在电梯里初遇时的紧张感又一次填满了心口，她惊得微微后退，在大脑一片混沌的时刻感受到他扫过来的目光。

她像是突然被人推了一把，什么开场白早就被抛到了脑后，自动自发地走到他面前去，调整出一个温温软软的笑容："你好呀。请问，你知道讲学厅怎么走吗？"

脸颊在不断升温，齐卿卿努力维持着笑容，生怕露出不恰当的表情会毁掉这次有预谋的邂逅。

温行止好像认出齐卿卿来了，脸上浮出了温柔笑意，一双黑眸里泛着浅浅的光芒。他迈腿走进阳光里："一起吧，我刚好也要过去。"

齐卿卿愣了一秒，立马跟上温行止。她背着大提琴，手里还提着待会儿要换的演出服，走起路来显得有些笨重。温行止回头看了一眼之后问："需要帮忙吗？"

"不用不用，我背习惯了。我朋友都说我是甲壳虫式怪力少女。"

温行止倒是没怎么听说这种新奇的外号，再看一眼齐卿卿背上黑色的庞大琴盒，极不相称地攀在她瘦小的背上，觉得真是生动形象，没忍住笑了出来。

齐卿卿不知道该怎么形容那个笑，一双漂亮至极的眼睛笑得弯了，笑容里带着治愈感。她毫无防备地被击中。

温行止带着齐卿卿绕进一条小路，她跟着他穿过星罗棋布的各色建筑群，很快到了讲学厅的后台入口处。他突然回头把手里已经组装好的模型递给她："麻烦你帮我拿一下。"

齐卿卿乖乖接过，看着被安放在支柱上的八颗颜色各异的行星，认出这是一个太阳系的科教模型。她心下觉得可爱，伸手去戳了戳一颗缀着红斑点的黄色星球，不知道是用力过度还是怎的，星球模型居然直接掉了下来！

齐卿卿顿时心肝一颤，幸好眼疾手快地接住了它，再斜眼去看身侧的人，他正低着头系西装外套的纽扣。齐卿卿想趁这个空当赶紧把模型装回去，试了好几次，却怎么都没办法成功。

完了——上次见面是“女痴汉”，这次见面又是“模型破坏王”，这到底是什么奇怪的走向啊？

她正尴尬得头皮发麻，感觉到温行止看过来的目光，齐卿卿痛苦地闭上眼，做好了挨骂的准备。不料，他却没生气，反而轻声问了一句：“你喜欢？”

齐卿卿以为自己出现了幻听：“啊？”

“这颗是木星，你喜欢就送给你。”说罢，温行止伸手拿回只剩七颗行星的模型，还补充解释道，“木星表面上的那颗大红斑，是太阳系最狂烈的风暴所致，因为木星没有固体表面，所以它长生不死。而人若在木星表面停留，刚一站上去，顷刻间就会被吞噬。”

齐卿卿愣愣地看了看自己手里的星体，呆呆道：“有点……像一颗溏心蛋。”

温行止没忍住笑，不等她反应就开门走了进去，后台嘈杂的声音在开门的瞬间冲出来，传到她耳边时却明显弱了几分。

齐卿卿握住那颗小小的星球模型，有些雀跃地跟了上去，她笑得眼睛微弯：“谢谢你，我很喜欢。”

温行止把模型递给迎过来的助理，又侧过脸问齐卿卿：“你是G省人？”

“是啊，我家就住在省会。”

他轻笑一声："那我在你隔壁市。"

齐卿卿莫名有种被宿命砸中的感觉，好像有千万般巧合才融汇成这个时刻，她和他的相遇相识是一个被造物主精心设计的局。

她红着脸问："你怎么连这个也知道？"知道她是K大的，知道她来参加研学营，甚至连她是哪儿的人都摸得一清二楚？她当即就脑补出一场在电梯里一见钟情之后，手握重权的男主角疯狂调查不知名女孩儿背景的玛丽苏大戏。

结果温行止却轻飘飘地来了一句："你说话带口音。"

一招毙命，齐卿卿窘迫地噤了声，看见他扬了扬眉，一边的嘴角小幅度地往上一挑——一个无比标准的腹黑笑容。

齐卿卿突然觉得后颈一凉。

讲台的发言不知道什么时候结束了，主持人开始串场，和在场其他人听到的清晰声音不同，齐卿卿耳朵里响起的是模糊的英文，说着什么"最年轻星系的发现者"之类的话。温行止整理好着装，站到讲台的幕布后。齐卿卿正疑惑他要干吗，阿宁却不知道从哪里突然钻了出来，一个劲儿地催她换演出服。

齐卿卿把背上的大提琴卸下来，再往温行止所在的方向看去，他已经不在了，讲学厅里忽然响起一阵雷鸣般的掌声。

这片掌声勾起了齐卿卿的好奇心，她猫着腰钻到舞台侧面去，这才发现讲学厅里黑压压的全是人，早就超过了预计的参会人数。而这时的温行止正站在报告台上，沉着声在做英文演讲。

齐卿卿好像忽然明白了什么，掏出手机打开维基百科，输入温行止的名字。

“温行止，二十四岁，天体物理学家。十九岁获得麦克阿瑟天才奖，二十一岁在美国取得天体物理学博士学位并留校教授天文物理，二十二岁时借助哈勃空间望远镜发现了可观测的宇宙中最年轻的星系，受聘成为该大学天文研究所的常驻科学家。”

齐卿卿惊在原地，呆呆地望向台上的温行止，他那双黑色的眼睛沉静而明亮，置身于那样广阔的讲学台上，仍然带着一股能够掌控所有的沉稳气度。他果然不是普通人。不知怎的，他突然往她在的方向看过来，意料之中地和缩在角落里的她对视，然后嘴角一翘。齐卿卿看见他笑眼里波光流转。

她忽然感觉脚下踩空，像是站在木星表面，整个人猛地陷进巨大的真空世界里，被喧嚣而来的气体吞没。

阿宁不知道什么时候也跟着齐卿卿钻了出来，站在她身边一起看着台上的温行止，忽然用手肘撞她，古灵精怪地笑道：“就看他了？”

齐卿卿不明所以地“啊”了一声，阿宁补充道：“这次研学营能不能脱单，就看他了？”

“你、你怎么知道我……”

“你这小孩儿啊——”阿宁一副洞穿世事的模样拍拍齐卿卿的肩，用老气横秋的语气道，“你看他的时候，眼里的喜欢明晃晃的，直接就从嘴角挂到了眉梢，就差把‘喜欢’两个字通过眼波给人传送过去了。”

完全被看穿的齐卿卿脸上一片绯红:“我就……想试试看呗……”

阿宁了然地笑起来，看了一眼投影幕上温行止的各式头衔，又像知道什么似的，慨叹地搂过齐卿卿的肩膀：“要追这个级别的，朋友，我只有一句话——道阻且长啊。”

（3）

温行止的演讲结束之后，阿宁终于在一阵汹涌的掌声中想起自己来找齐卿卿的目的，拉着她回后台去催她赶紧准备上台。

齐卿卿的独奏被安排在最后，是整个开幕式里唯一的观赏性节目。她抱着装演出服的袋子在后台转了一圈，都没能找到换衣服的地儿，最后被阿宁一把推进唯一的一间休息室，说是在这之前一直都没有人。

齐卿卿抱着速战速决的心态躲到窗帘遮掩的一个墙角换衣服，在她刚把礼裙套上身的那一刻，听到门“咔嚓”一声响了。

齐卿卿感觉头皮一紧：有人进来了？刚才好像太着急了，没把锁落下？

这一瞬间她感觉浑身的血液都因为羞耻达到了沸点，齐卿卿赶紧伸手去摸身后的拉链，包围着她的窗帘却突然变得碍事起来，在她拼命地想把拉链往上拉的时候，非常不凑巧地卡住了。

齐卿卿又用力拉了几次，链头仍然分毫不动。大脑空白之际，她听到来人的声音，是两位年轻男性，说的是中文，正用着她听不懂的术语讨论道：“根据脉冲星经典辐射理论，高速自转的脉冲星通过磁偶极辐射释放能量，同时自转减慢……”

“当然，同样也有人认为，高速旋转的磁场也会产生以接近光速向外运动的星风，这会是导致脉冲星自转减慢的主要原因。我曾经在能量均分假设下进行过一系列推算，得出的结论是星风云中的磁场约为 0.8 毫高斯。”

这是谁的声音？有点耳熟……齐卿卿在脑海里仔细搜寻着，终于在听到另一个人的一句“谢谢温教授”时幡然醒悟——是温行止！

呼吸在一刹那停滞，她稍稍拉开窗帘往外看，看见温行止刚好面对着她所在的方向站着，视线正好扫过她露出的半个脑袋。

她涨红的脸上露出哭笑不得的表情，用口型道："救命。"

温行止眉头一皱，找了个借口让穿着K大T恤的学生先离开。

门再次被关上的那一刻，齐卿卿连尴尬的时间都没有，哭丧着脸和盘托出："我在换礼服，但是……拉链好像卡住了……"

温行止走过来的脚步猛地顿住，正犹豫着要不要转过身去，齐卿卿抢先说出一句："你能帮我拉一下吗……"

他露出有些难以置信的神色："我？"

"对，我大概还有几分钟就要上场了，我的琴还没有调音呢……"

根本找不到拒绝的理由，温行止只得走过去。

齐卿卿见状忙从窗帘后出来，一张脸已经红得发烫。温行止扫了眼前的人一眼，她正紧紧抱着自己身上的礼服，纯白色的一字肩长裙，腰部往下的洁白柔软的网纱裙摆正好垂到脚踝，她此刻正踩着一双黑色的高帮帆布鞋。这一身新奇的搭配，满身的温婉矜持却又没有失掉她最吸引人的那股少女元气感。

齐卿卿知道温行止正在看自己的鞋子，讪笑着解释："我还不太习惯穿高跟鞋演出，这个搭配礼服也蛮好看的。"

他低低地"嗯"了一声，本意是确实很好看，齐卿卿却不能确定他是认同还是敷衍，心里尽是小鹿乱撞的忐忑。

温行止绕到齐卿卿身后，垂下眼睛尽量不去看不该看的地方，伸手准确无误地摸到被卡住的拉链，轻松地将纠缠在链齿里的布料解救出来。链头往上滑过腰线最窄的地方，却再次卡住。这次不是因为窗帘或是链子本身的问题，齐卿卿站在那里感觉自己整个人都快熟成西红柿了，忽然听到他一句："收腹。"

心里简直像有一万头野羊驼奔腾而过，齐卿卿痛苦地闭眼深吸一口气，感觉拉链成功渡劫，正想放松时又听到他说："再收腹。"

早知道这样今早就不吃那两片该死的乳酪吐司！她恨恨地咬牙，用尽全力吸气收腹，链头终于在她戕头自尽前滑到了最顶端。她悻悻地整理裙摆，气势全无地道谢，跟着温行止往外走的时候还不死心地想挽回颜面，说："我……我其实吃得不多的……"

温行止停下脚步回头时，齐卿卿这才看到他脸上也是一片可疑的绯红。他似乎并不擅长处理这样的场面，怔了半晌才说出一句："没关系，胖胖的也很可爱。"

齐卿卿彻底愣了，他这话是什么意思？是说她胖？又说她可爱？那到底是胖还是可爱，还是又胖又可爱？那她到底应该难过，还是应该高兴？

齐卿卿这头正纠结着呢，温行止也发现自己这话有点不对劲，补充道："我的意思是，健康就好……"

还不如不解释呢！齐卿卿可没法因为心动的男生夸自己“健康”而觉得高兴，只觉得羞耻感直冲脑门，她呜咽一声，捂着脸跑了出去。

以后再也不吃安曼伯格新生食堂的乳酪吐司了！

那天的开幕式上，齐卿卿独奏了一首G大调，挑的是她最喜欢的《约翰·塞巴斯蒂安·巴赫：G大调第一号无伴奏大提琴组曲，BWV 1007：前奏曲》。寂静的大厅里灯光全熄，仅有的一束白色追光打在独坐的大提琴演奏者身上，海藻般的黑发倾泻而下，白纱礼服在棕红色琴身的映衬下显得更加典雅明净。拉琴的时候，齐卿卿全程低垂着双眸，没有看谱，也完全不需要看谱，按弦的右指在把位上游刃有余地游走，左手娴熟地握弓运弓，鸣泄出的每一个音符都是恰到好处的畅意潇洒——一切琐碎都被湮灭，仿佛只有空旷大厅里一支高雅的独奏曲。它如同琴手本身，赤忱天真，随性洒脱。

台下，一身黑西服的温行止在嘉宾席上静坐，掌声响起时目光都没能移开。他身旁共事多年的华裔朋友凑过来议论道：“听说这个学生十三岁就开始全国巡演，演奏埃尔加协奏曲堪称杜普蕾转世。没想到拉巴赫也是一绝。”

见温行止有些呆滞，朋友用手肘轻撞他，玩笑道：“怎么，看呆了？”

“她的琴声很复杂。”

“得了吧，别人不知道，我还能忘了你五音不全？”

“唱是不会，但不妨碍我听得到很多东西。”

那样的琴声，根本不像是出自于一位年少成名、人生顺利得无惧无忧的天才琴家之手。要表达的东西太多，技巧的成分又太重，就像他早前学钢琴时记着指法弹里姆斯基一样，完全只是华丽技巧的堆砌罢了。甚至可以毫不客气地推想，所谓的“杜普蕾转世”对现在的她而言，根本就是过誉之辞。

但这也不妨碍温行止看到齐卿卿的长处，确实拉得很好，比起许多知名乐团的首席大提琴手来说也是有过之而无不及。虽然称不上大家，但作为一个还未毕业的本科学生而言，已经是天花板级别的高度——毕竟并非人人都能成为大家，人一生之中能够触及自身天花板的次数屈指可数，在哪个领域都是如此。

退场的时候，温行止在场外等同事，看到背着琴的齐卿卿站在出口处等人，演出服都还没有换下，正百无聊赖地数着仙人掌盆栽上开的花。他猛然想起妈妈养的那只猫，小时候心高气傲地挠了一爪子楼下花坛的仙人掌，疼得嗷嗷叫了好几分钟。

他莫名有些忍不住笑意。

齐卿卿在温行止笑开的那一刻也不知怎的突然回过头来，两个人目光相接的那一刻，她满目惊喜，温行止看得心里一软。

“教授，你的脸怎么这么红？”

“咳，热太天气了……”他有一瞬间的慌乱，惊觉自己说的不知是什么奇怪的句法，连忙纠正，“不是，天气太热了。”

“这样啊……”齐卿卿半信半疑。

两个人默契地沉默了几秒，又一起开口，温行止说:“刚才……”

“那个……”

温行止原本是想说“刚才演奏得很棒”，无奈断句断得不凑巧，还在疑惑他为什么脸红的齐卿卿猛地就想起在休息室拉拉链时的尴尬情况，原本鼓足勇气想问他要联系方式的话最终被脸颊上升高的温度给烫了回去。生怕自己会被他当众拒绝以至颜面扫地，她只得涨红着脸扔下一句“我还有事”，便慌慌张张地跑开了。

只能这样生生地错过了吧。齐卿卿头也不回地跑下楼梯时，很是懊恼地想着。

Chapter 02

the Galaxy and his cat

“是温教授送我的！”

（1）

盛夏时分，白昼漫长得仿佛永远不会过去，黑夜只短暂而突兀地偶然降临。研学营的交流项目有条不紊地开展着，齐卿卿忙碌得几乎失去真实感，原本还想着这样的情况也是好事儿，起码有利于她忘记对温行止那还没来得及开始就被扼杀的非分之想。但不幸的是，她总能在不巧的地方和不巧的时刻非常不巧地遇上温行止。

河边、图书馆、咖啡店甚至餐厅，关于这所学校的一切记忆点全部因为偶遇被打上了关于温行止的烙印，如果是浪漫的异国邂逅倒还好，实际场景却是——

首先是在河边。那天齐卿卿抱着书路过商学院附近的查尔斯河，晨光明媚，朝晖满地，刚才买的现烤华夫饼松软甜糯，特别好吃。美食总能让一切都变得美好，她看到河边有一只天鹅妈妈带着一小列小天鹅往岸边游来，心里生出一片一塌糊涂的柔软，小跑着过去想和小动物来一次亲密无间的身心接触。诡异的是，不知道是她跑过去的方式不对，还是半蹲下来的姿势太过僵硬，天鹅妈妈并没有给她好脸色看，反而挑衅地看着她，在她刚抬起手的那一刻发出了一声尖锐的喊叫，扇着翅膀朝她猛扑过来。她一惊，身体已经自动做出了反应，拔腿就往小路上蹿。气势汹汹的鹅霸王像是决意要取她的狗命，穷追不舍，一边发出嚣张的叫声，一边撵着她满大街跑。鉴于她八百米测试从未及格，并且在心理防线上已经被对方的气势压垮，此刻毫无招架之力，还没来得及跑进学院大门就被小石头绊倒，脸朝下地摔倒了。再抬头时，她看见商学院的感应大门纹丝不动，她在心里哀号：难道这只鹅已经把门反锁了，这么狡猾吗？她一侧脸就看见不远处正迈着长腿急急走过来的温行止。

虽然他脸上没有丝毫嘲笑之意，但她确定刚才自己被天鹅追着满世界乱窜的那一幕一定被他尽收眼底。她真是欲哭无泪：鹅大妈，您不是要来取我项上的人头吗？就现在！此时不取更待何时啊？

然而可惜的是，鹅大妈毕竟腿短些，比不上温行止一米八大长腿的优势，它赶到的时候温行止已经顺利地扶起齐卿卿，用教授

ID卡刷开了商学院的大门，带着她躲了进去。

她浑身瘫软地坐在地板上，看着鹅大妈趾高气扬走远的背影，不由得悲从中来：这回真的是丢脸丢到太平洋了。

一旁的温行止在确认齐卿卿没有受伤之后松了一口气，说：“刚才那只鹅是查尔斯河出了名的恶霸鹅，不管是学生、游客、划艇队还是其他物种，它统统都攻击过。”说完，他发现齐卿卿还是哭丧着一张脸，以为自己这么说太不解风情了，又补充解释道，“其实，从科学的角度来说，鹅的眼睛构造比较特殊，它们看到的动物都比自己矮小，再加上它们的领地意识非常强，所以当有动物走到它们面前的时候，就很容易被攻击。”

所以，并不是你的问题，是鹅的先天条件决定了这次不合时宜的战争。齐卿卿却没有理解温行止的温柔，只是一心想着，完了，这下不仅显得自己傻，更是傻得没常识那种。她简直心如死灰，爬起身拍拍屁股，整个人像霜打的茄子一样蔫蔫的，心道他这样的天才教授怎么看得上自己这样的蠢蛋？这次和小动物的接触可算是把她的身心尽毁了。她细声说：“谢谢教授，我还有课，要先走了。”

温行止柔声说再见，她点点头，灰溜溜地离开了。

然后是在图书馆。起初是阿宁拉着齐卿卿来被称为世界最大规模的大学图书馆里闲逛，她吐槽在各式梵文书籍里流连忘返的阿宁“你真以为这里是哈尔滨佛学院啊”，获赏栗暴一个。她吃痛地捂头出逃，不知不觉逛到物理专区，拿了一本厚厚的《量子物理》之后，又看中书架顶层的一本科普书，踮着脚想取，却怎么都够不到。

忽然有人拍了拍她的肩，她回头，刺眼的阳光先撞进来，视线中是温行止那张棱角分明的脸。

齐卿卿先是惊愕，然后怀里的书不争气地掉落，正好砸中她穿着单鞋的脚上。她隐隐感觉自己的脚背好像被砸碎了，一阵酸麻之后是钻心的疼痛，她大力吸气忍住不要叫出声，把书捡起来之后飞奔躲到书架深处，蹲下来捂着受伤的脚背用口型连骂二十句脏话。温行止不知道什么时候跟了过来，两个人对视的时候，她正疼得龇牙咧嘴，他把那本她想拿的书递给她。她苦着脸接过之后，他却没有把手收回去，仍然生生地悬在半空中，像带着魔法的召唤咒。

她看得微愣，心里有好几个小人在交战，这是要干什么？要她把书还回去？还是要她的什么？手机？钱包？学生卡？还是……手？

她思忖半晌，然后心里一横，正义凛然地把书又放回温行止的手上……

温行止哭笑不得，拿稳书之后又伸出另一只手，用口型道：“我扶你起来。”

齐卿卿看了一眼高高肿起的脚背，红了耳朵，抬手去握住他的手，他的掌心温暖干燥，稍一借力她便站了起来。出了图书馆，他扶着她去了最近的咖啡店，要来一个装满冰块的密封小袋，示意她冰敷伤处，末了，还温柔地问她：“想不想喝点什么？”

她哪里好意思再让温行止破费，正要摇头婉拒，他却接着问了一句：“港式奶茶怎么样？”

美国还有港式奶茶？她的好奇心一下被勾起，很诚实地颔首答应，最后却被端上来的一小杯奶茶苦得五官收缩。

太反人类了，奶茶不都是糖分爆表的饮料吗？做成这样完全就失去了奶茶的灵魂啊！

正愤愤地想着，她又不得已地在温行止的注视下喝了两口，余光瞥见隔壁座的外国学生也点了同款奶茶，刚坐下就抄起桌上的铁壶往杯子里狂倒糖浆……

原来是要自己加糖……还、还挺人性化……

她悻悻地放下杯子，舌尖上还弥漫着久久不散的苦味，又看见温行止嘴角有些狡黠的笑意，立马明白过来他是知道要自助放糖这回事的！所以说给奶茶加糖这件事在这里完全是常识啊！

齐卿卿快哭了，瘪着嘴自言自语道：“我真的好蠢啊……”

他嘴角的笑意淡了下来，挑眉问："为什么这么想？"

"我每次遇见你的时候，不是在丢脸就是在犯蠢……"说完，她瞟了一眼温行止。

他依旧托着下巴，但是齐卿卿看见他又笑了，一双瑞凤眼微微弯着。摸不透他在笑什么，她只觉得好看，像是摩诃迦叶拈花一笑，似看得通透，又似看不通透。这种笑容若是因她而起，那她再多犯几次蠢也不可谓不值得。

"总觉得你和别人很不一样，特别真实可爱。"

齐卿卿以为自己听错了，这是在夸她吧？这确确实实是褒义词吧？

"从代数的角度看，事情总有很多未知数，你蠢不蠢并不是决定性条件……至少在我看来，并不是。"温行止低头看了一眼手表，再次弯起嘴角，问她，"要一起吃午餐吗？"

心里好像一下子放晴了，乌云尽数消退，阳光伴着花香明媚地洒下来。她居然没有搞砸，在发生了这么多走向清奇的奇葩闹剧之后，他不但没有被推远，反而能够从神奇的角度看到她的优点——他真不愧是位知名的天文物理学家。

齐卿卿红着脸小鸡啄米般点头，这真是这么多天以来，最让她觉得惊喜的事情了。

（2）

午餐订在附近的意大利餐厅，穿过不长的英式走廊出了校门，往东走上几步就到了。餐厅的装潢是古老的欧式风格，精美庞大的水晶灯从天花板上垂挂下来，散发出的黄色灯光和彩绘玻璃折射进来的光线交汇，让人恍惚觉得回到了十九世纪。

齐卿卿喜欢吃肉，面对食堂清一色的蔬菜水果沙拉简直叫苦不迭，此刻真是恨不得把菜单上的肉类菜品全部点上一遍。但现在坐在自己对面的可是温行止啊，总不能这么快就暴露自己“肉食动物”的本性吧？于是她盯着菜单左右为难地挑了半天。

“教授，你喜欢……吃肉吗？”其实，她想问的是：你喜不喜欢爱吃肉的女孩子？

得到的回答是：“一般。”

齐卿卿悻悻地点头：“噢。那我要一道奥尔良烤鸡翅就好。”

“吃这么少？”

她像只被踩中尾巴的小猫，红着脸，连音量都提高了：“我真的吃得不多的，现在的女孩子都是小鸟胃。”

“今早我在食堂看见你吃了两碟肉酱意面。”

“我，我在长身体嘛！”

“二十一岁长身体，挺晚熟的。”

齐卿卿被噎得死死的，郁闷地合上菜单。

温行止抿嘴笑，问：“真的不点了？”

实在没脸反悔，齐卿卿坚决地摇头。温行止不再坚持，驾轻就熟地点了一道黑椒牛排，除此之外没有正眼看过任何一道菜。

上菜时黑椒牛排肉香扑鼻，馋得齐卿卿口水直流，把刚才给自己立的“小鸟胃”的人设抛到脑后，满目精光地盯着温行止盘子里的肉不放。

温行止低头切了几片肉，终于注意到了齐卿卿的眼神，风轻云淡地把那碟牛排推到她面前，说：“给你了。”

齐卿卿感动得热泪盈眶，要知道她从前和朋友们一块儿吃饭，向来只有互相抢肉或是她吃肥肉别人吃瘦肉的场面，哪会有人伟大到愿意将一份黑椒牛排拱手相让？她简直感动得想以身相许，看了看温行止的餐盘，只剩下寥寥几口蔬菜沙拉，而他正用叉子把当中的胡萝卜挑到一边，并且非常小心地避开了沙拉酱。

她好奇地问：“你不爱吃胡萝卜吗？”

温行止看了她一眼：“我只吃胡萝卜。”

齐卿卿惊了：“你修仙啊？”

温行止噎了噎：“我只是，味觉敏感度比较高。”

“哈？”

“简而言之，就是舌头上的味蕾数量多于常人，因此尝得出食物的怪味，所以拒绝大部分普通人喜欢的食材。”

齐卿卿：“……”

没见过有人能把挑食说得这么清新脱俗的……

但无论怎样可不能饿着这位伟人了，齐卿卿当机立断地把她心爱的三只鸡翅全部挑到温行止的餐盘里。

看着温行止把眼睛瞪大，一副完全不敢置信的表情时，她还一脸希冀地露出满满的笑意：“你分我好吃的，我也要把喜欢吃的分给你。”

温行止微微张了张嘴，但最终什么都没说出来，齐卿卿猜他是有些感动了。然后他用实际行动证明了齐卿卿的想法，狠狠地皱着眉把齐卿卿挑过来的三只鸡翅全部吃了下去。齐卿卿流着口水看他吃完，然后叉了一块切好的牛肉塞进嘴里，在满口的肉香里笑弯了眼。

直到几天后她再次和室友一起来这家餐厅，遇到那位和温行止相识的前台大叔，才知道温行止来这里只会点黑椒牛排这一道菜品，原因是他真的极度挑食。每种肉类他都有指定的烹饪温度，愿意吃的蔬菜不超过十种，盘子里的食物不能互相触碰，甚至连调味的酱料都必须是日期新鲜的袋装。由此可知，他把整碟牛扒让给她，又怕伤了她的心而硬着头皮吃下了那么多只鸡翅，整个过程是有多么煎熬且痛苦，难怪那之后他的脸色一直都很僵。齐卿卿坐在吧台的各类瓶瓶罐罐面前，又尴尬又感动，一时之间无语凝噎。

她开始相信了，不是教研室的老师们天生“毒奶”，而是她自带反作用体质，命犯孤星，在带有非分之想的关系里，永远都会弄巧成拙。

（3）

那之后时间继续不紧不慢地过着，研学项目也渐渐趋近尾声，齐卿卿在一大堆课程和作业之中奔波，忙得连睡觉的时间都被占用了。缺觉导致精力不足和记忆力严重下降，某一天下课之后回寝室，她站在门口才惊觉忘记带钥匙出门了，只得去找在实验室的室友拿。

齐卿卿的室友是本校正式录取的新生，一个学物理的加州女生，典型的白人富家女。齐卿卿来串门的朋友曾经毫不客气地揶揄她是“大惊小怪得看到飞机起飞都要鼓掌喝彩的白人”，笑翻众人。

赶到实验室门外时，他们已经开始上课了，一众穿白大褂的学生围在某台器材前，叽叽喳喳地讨论着什么。齐卿卿在室友的示意下猫着腰潜了进去，趁着教授和助教都没注意的时候拿到了钥匙，沿路返回时却发现后门居然也站了几个穿白大褂的男生，看样子不像是普通学生。

齐卿卿穿着一身根本不符合进入实验室要求的便装，若是被抓到了可就麻烦大了。她硬着头皮想回头找张桌子当掩护，眼尖的助教却突然发现了她，语气严厉地呵斥：“你是谁？为什么没穿实验服？”

齐卿卿一个激灵站了起来，实验室里所有人的目光在一瞬间汇聚到她身上，她转头看见室友痛苦地扶额，这下闯大祸了……她脑袋里仿佛响起一声系统死机的“叮”，目光再往后扫，看见正在搬仪器的某个熟悉的身影。

于是她灵光一闪，向众人解释道：“实验服不够用了，我是来帮忙搬东西的，我是……”她抬手往最后排一指，“我是温教授的学生！”

正在搬一台中型器械的温教授一愣，剑眉微微一挑，怔了三秒之后在众人的注视下不失风度地微笑起来，向正在上课的教授致歉后，目光淡淡地扫向齐卿卿：“还愣着？来帮忙啊。”

齐卿卿赶紧奔到温行止身边去，接过他手里的仪器前，听到他低声问：“脚好了？”

她的笑容明亮：“好啦，就剩下点儿瘀青，不碍事的。”

温行止有一瞬间的走神，回过神后才放心地把手里的仪器交给齐卿卿，沉得齐卿卿差点重心不稳。他却直直地盯着她的眼睛，似笑非笑道：“抱稳喽，怪力少女。”

齐卿卿感觉一道冷气从脊骨直直蹿上脑门，冷不丁打了个哆嗦，完了，她是不是得罪他了？

她的想法在接下来的半个小时里得到了证实。别的学生抱着物件坐上了电梯，唯独她要进去的时候被身后的温行止一把拎住了衣领，回头看见他眉眼间一片寡淡萧瑟。他说：“你进去就超重了，我们一起走楼梯。”

然后，她怀里抱着重达20公斤的仪器，跟在两袖清风的温行止身后，爬了整整五层的楼梯……其间她想过耍赖，还没来得及出招儿就被温行止一句轻飘飘的“要小心哦，你怀里的可是最新引进的价值千万美金的物理仪器”吓得没了胆儿，抱着它的手还不自觉地加重了几分力度。

温行止绝对是故意的——价值千万啊！既然那么担心，为什么还要让她搬，为什么还不来帮个忙？

终于小心翼翼地把那台可能比她还值钱的仪器放到实验台上，

齐卿卿感觉浑身的肌肉都在抽搐着反抗，简直比被人生生揍了一顿还要难受。她一屁股坐到椅子上，温行止凉凉地问：“累吗？”

她花去半秒钟舍弃了逞强的想法，撇嘴道：“累……”

他一脸的从容自若：“不累不知道长记性。”

果然……腹黑的男人好可怕……

“非物理专业学生随意进出物理实验室，如果只是发生点仪器损坏的小事还不在话下，要是不小心受伤了，才是真的因小失大。你要懂得保护自己。”

齐卿卿不想也完全没有力气狡辩，她知道这时候要是垂死挣扎的话，只会死得更加惨烈。她像个被教导主任抓住训话的中学生，气势全无，弱弱地说：“教授，我只是溜进去拿寝室钥匙。我知道错了……”

他低低地叹了一声：“回吧。局部按摩或者泡个热水澡，可以适当缓解肌肉酸痛。”

齐卿卿像是突然得了特赦令，坐直身子想开溜时又突然觉得舍不得，欲言又止地看了温行止一眼。

“怎么，还想搬？”

齐卿卿瞬间溜得没了影儿：“打扰了，告辞。”

(4)

等她一脸惨状地回到寝室时，齐卿卿已经累得完全感觉不到四肢的存在了，洗漱之后连饭都懒得吃，瘫倒在床上化身为无脊椎动物。隔天早上醒来，一坐起身她就感觉浑身酸软，显然是运动过度留下的后遗症。她拖着几近报废的身体起床去上课。接下来的几天她都因为肌肉酸痛无力而精神颓靡，一脸的苦大仇深。

几天没看过齐卿卿好脸色的室友以为她是被温教授带走之后，遭到了什么非人的待遇，在她幼小的心灵留下了什么难以磨灭的创伤，忧心忡忡地在学生服务中心给她预订了心理咨询服务。

接到心理老师的询问电话时，齐卿卿正因为拉空弦被打断而抓狂，因此又被加上一条“轻微狂躁”。她艰难地把整件事情的经过向老师说明，竭尽全力想洗脱“患有心理疾病”的嫌疑，但服务中心的老师仍然判定她需要心理上的关怀，在第二天早晨向 K 大研学营所有的相关老师发送了要求他们“更多关注”她的邮件，其中自然包括了温行止。

于是事情就演变成了——齐卿卿身边的所有人都开始对她抱有莫大的包容和爱护之心，老师甚至主动免除她的作业，劝她多给自己一些放松的时间，不要把神经绷得太紧。

齐卿卿的课余生活一下子空了出来，她又回到从前在 K 大上学时那种时常得空独自练琴的日子，真是不得不感慨外国大学对学生心理健康的重视程度。

研学营的最后一个项目，是有关天体物理研究所的参观与交流，时间定在闭幕式的前一晚，负责的老师是温行止。

团队在晚上八点集合完毕，天还没有完全黑透，齐卿卿帮阿宁点完名之后急急上了校车，在有女生问温行止能否坐他隔壁的时候，一把钻过缝隙坐到他身边。

温行止无奈地笑，对那个女生说：“抱歉，有人了。”

那个女生还不愿意走，犹犹豫豫地从身后拿出一盒包装精美的巧克力，越过齐卿卿的脑袋递给他。

温行止接住，却并没有收起来，他对陌生人永远是不温不火水一样的性格。他说：“抱歉，我并不喜欢吃甜食。”

女生的笑容一僵。

眼看气氛就要凝固，齐卿卿立马凑热闹，兴致勃勃道：“我！教授，我喜欢吃甜食！”

温行止淡淡地扫了她一眼，想起那封来自学生服务中心的邮件，拿着巧克力的左手不自觉地就伸到了她面前：“多摄入糖分分泌多巴胺，对轻微狂躁症确实有一定的缓解作用。”

齐卿卿的脸腾地就烧红了，看了一眼旁边的女生，确定她没有阻拦的意思，这才拿过巧克力抱进怀里，抬起脑袋朝温行止甜甜地笑："谢谢温教授。"

他的笑容里因此染上了几分真心，还没开口回答，一旁的女生突然被朋友扯走。那位忍无可忍的朋友好像非常生气，一边拉那个女生还一边酸气冲天地大声说:"跩什么跩,不就是个大学教授吗?说到底就是运气好而已！"

温行止眼里的笑意顿时消失了，他往她们的方向看了一眼，却好像并没有打算反驳什么。齐卿卿猜他是心有愧疚，并且为人师表，当众和学生计较这些，确实有损形象。但她越想越憋不住情绪，想都没想，护着他的话便脱口而出："那你也运气好一个给我看看？"

气氛骤然升温，对方显然不是善茬儿，认出齐卿卿的声音之后挑准她的痛处就踩："哟，谁有你运气好？拉个埃尔加就是杜普蕾转世，现今耳朵也听不清楚了，是不是打算碰碰运气写首《命运交响曲》，又做贝多芬转世啊？"

齐卿卿被戳中肺管子，起身准备和对方理论，双方即将红眼之际，带队教授突然上了车，强大的气场瞬间压过了原本剑拔弩张的气氛。

带队教授是 K 大物理学院的教研室主任兼任 K 大总务处副处

长，据说是历届研学营带队老师里职位最高的一位，不知道为什么今年偏生选中了他老人家，带着这帮高智商熊孩子漂洋过海地来见世面。

带队教授上车后直接走到温行止身边，挥了挥手就要把齐卿卿赶走。

齐卿卿正想开口说话，被紧随在后的阿宁一把拉开。齐卿卿不情不愿地让座时看到温行止的视线越过众人，甚是复杂地落在她身上。

对了，他还不知道刚才那个女孩儿话里的意思呢。

但没有机会解释，阿宁看到齐卿卿怀里的巧克力，皱眉问："哪儿来的巧克力？"

问到点子上了，齐卿卿脑袋一昂，像得了小红花的幼稚园小朋友一样，笑得如春光般明媚："温教授送我的！"

此言一出，车厢内一片起哄声，她余光里看见温行止抿嘴一笑，笑意里盈着的温软味道一点点转浓，连耳朵也以肉眼可见的速度变红。

Chapter 03

the Galaxy and his cat

“他悬在我心上，
做我的太阳和月亮。”

（1）

校车缓缓驶出市中心。

虽然路程不算远，但折腾了一天的大家都颇为疲倦，不少人已经昏昏沉沉快要睡过去。齐卿卿和阿宁一起整理着待会儿要用到的资料，阿宁在收好资料之后叮嘱她："晚餐我们和温教授同桌吃饭，带队教授交代了，一定要安排妥当，温大教授可是半分都怠慢不得。"

齐卿卿听后八卦地挑了挑眉："他这么大牌的吗？"

"不是他大牌，是咱们有求于人，必须得方方面面都照顾周全了，不然带队教授就白跑这一趟研学营了。"

齐卿卿更好奇了："求他什么？莫不是他手中掌握了最高机密，

一个人的力量顶得上十个师？”

阿宁差点又赏她一个栗暴：“就你嘴贫。”

“那到底是为什么？”

“小孩子家家的问那么多干吗？你服从安排就好了嘛。”

“那我倒是有一个讨好温行止的绝佳办法。”

阿宁信以为真：“什么？”

齐卿卿没好意思理直气壮地说出来，神秘兮兮地凑到阿宁耳边，耳语道：“你们把我打包了，给他送过去。”

阿宁静默三秒，真诚地发问：“国家怎么没拿你的脸皮去研究防弹衣呢？”

恶作剧得逞的齐卿卿险些笑翻。

抵达天文台附近的旅馆时，天空刚刚变成青蓝色，晚风夹杂着青草的味道，仔细嗅来好像还能闻到来自远方的湿气，像是要下雨了。

齐卿卿到附近的中餐厅去预订晚餐，发现餐厅的环境以及食物都远没有预想中的好，但周围已经是人迹罕至的郊区，他们别无选择。

齐卿卿和带着浓重南方口音的中餐厅老板再三确认好菜单之

后，走出店门时已经淅淅沥沥地下起了小雨。夜幕完全降临，天空中一片窒人的黑，看来今夜无缘观星了。往回走时路过一家巴掌大的连锁便利店，她进去买了几包即食水果胡萝卜，揣进口袋里以备不时之需。

还没走回旅馆，就在半道上遇见了因为挨不住饿而提前出来觅食的营员们。她被拉着一同折返，坐在主桌前忐忑不安地等待着温行止和带队教授。意料之中的是，温行止的脸色从他走进餐厅的那一刻开始就没有缓和过，他被众人拥簇着走到桌前，却绕开主座拉开齐卿卿右手边的座椅："我坐这儿，你介意吗？"

齐卿卿愣了，下意识地看了一眼带队教授："可是……"

"我坐这儿有安全感。"

齐卿卿理解不了温行止话里的意思，但看了一圈桌上的人，好像只有自己算是经常和他搭话的。她点头同意后，他坐下。

上菜时，齐卿卿不知所措地看着带队教授热情地给温行止夹菜，而他一直神色僵硬地推托最近肠胃不好，无论如何都不愿意动筷。

成年人的耐心总是非常有限，特别是来自人情社会的成年人，唯面子论的调调无论去到哪里都很难自我摆脱。在屡次被拒绝之后，带队教授的笑容渐渐有些挂不住了。齐卿卿确定温行止这硬骨头确实没藏着什么应对的招儿后，瞅准机会把打在手机屏幕上的字给温行止看。

两人默契地交换了一个眼神，温行止心领神会地眉头一皱，捂着肚子喊起疼来。整桌人顿时乱起来，倒水的倒水、叫服务员的叫服务员，齐卿卿在一片乱忙之中喊了一声“我带他去洗手间”，顺道就把温行止拐了出来。

雨还在下着，密密麻麻地飘进来，落在皮肤上有些难忍。齐卿卿和温行止站在屋檐下躲雨，她把刚才顺手端出来的一杯热水递给他，他仍然摇头表示拒绝。

这一晚上光摇头了，他难道是车载娃娃吗？热水都不喝，车载娃娃都没他这么挑。

齐卿卿郁闷地喝了一口热水，又被烫得龇牙咧嘴。余光瞥到温行止在偷笑，她微囧地望着覆盖下来的雨幕，转移话题道：“这天气真是一会儿一个样。”

他适时地接过话茬：“波士顿的夏日天气本来就变化无常。”

“你知道今晚会下雨吗？”

他不答反问：“我为什么会知道？”

“你不是天文学家吗？”

“天文学家又不是气象学家。”

“不都是无时无刻不在看天看云看星星吗？”

温行止啼笑皆非，知道齐卿卿是故意要宝逗自己，但还是很认真地回答了她的问题：“傍晚时，我确实看到了鱼鳞状的卷积云。但这次项目的重点在于天文研究所的相关科普，观星只是保留节目，无足轻重。至于天文学家的日常……”他顿了顿，做沉思状，“除了看天看数据之外，偶尔也会看看电视剧什么的。”

齐卿卿被温行止逗笑，从口袋里摸出藏着的水果萝卜，递给他说：“先填填肚子吧，天文学家。”

温行止有些讶异地接过，眼神里有些暖色显露出来，虽然看起来还是平日里那个温和毫不张扬的温教授，但柔沉下来的声音里已经显露他在面对亲近朋友时才有的诚恳，还透出一派江南水乡般的温软绵密。他说：“谢谢。幸好你把我捞出来了。”

齐卿卿有些不好意思了，摆摆手说：“我也不是多会应酬的人，只是上有张良计，下有过墙梯嘛。”

“是‘上有政策，下有对策’，‘你有张良计，我有过墙梯’吧。”

已经习惯被温行止智商碾压的齐卿卿已经锻造出了不一般的承受能力了：“哈哈哈哈哈，我们搞艺术的就是没你们搞理工的严谨。”

温行止听后也是笑，难得地愿意主动说话：“一直以来，我都是孤身一人，并不擅长处理人际关系。如果放到国内的人情网里，肯定会非常格格不入。”

齐卿卿突然想起论文指导课上老师说过的一句话：学者总是很孤独的。孤独地做实验，孤独地思考，孤独地演讲，他们的一生中其实很少能够遇到被理解的时刻。

温行止对带队教授的热情一直表现出很直白的抗拒，但在这样的场面里，抗拒完全失效，每一个表情和字眼都能被人用无数种方式解读。拒绝被看作不识趣，不礼貌的长者反而成了受害者，所谓的人情交际总是如此荒谬可笑。

齐卿卿无厘头地答了一句，当作安慰：“因为我们是猛兽啊。”

温行止眼神里露出疑惑，她解释道：“鲁迅先生说：‘猛兽总是独行，牛羊才成群结队。’我也不喜欢一大堆人聚在一起，我也从来不希望每个人都能懂我喜欢我。要是每个人都能明白我在想什么，那我得多平庸啊？”

温行止莞尔，真是想不明白齐卿卿到底哪里来的这么多稀奇古怪的想法。他借着店里透出的光去看她，那双又黑又亮的眼睛里似乎有清冽的泉，一圈圈地荡着涟漪。

“可是，为什么旁人都无法了解，你却知道我想逃呢？”

齐卿卿受不了温行止这种眼神，心律忽然就紊乱了起来，虽然大脑自动弹出答案，她却手忙脚乱地捂住脸，根本不知道要怎么底气十足地说出口。

——因为喜欢你呀。

所以眼睛里全都是你，看得到你的每一个表情，设身处地地去想象你的每一分情绪，所有的智商都用来思考关于你的事。才终于在一个你无措的盲区，稍微窥探到一点点你的世界。

然后，更加喜欢你了呢。

后来一直到营员们用餐完毕，温行止都没有再回餐厅里，宁愿冒着雨先带着一批学生爬坡到天文台去，都不想再进去和带队教授大眼瞪小眼了。

齐卿卿留下来等阿宁结账，两个人几乎是最后抵达天文台的。阿宁在大厅点完人数之后发现还少了一个物理学院的学生，让齐卿卿去会议室找带队教授问问。

齐卿卿摸索着跑向会议室，路过一排办公室时不经意看到了温行止的名牌。黑底金字的长方形金属牌就挂在棕色的房门上，写着：Professor.Wen Xingzhi（教授温行止）。

会议室的门虚掩着，齐卿卿还没开始敲，门就滑开了一道缝。她刚准备出声喊人，眼角余光就瞟见办公桌后边，一个穿浅紫色研学营T恤的年轻姑娘趴在一个穿白衬衫的男人怀里，两只胳膊环着对方的脖子。那个穿白衬衫的男人数小时前还和她坐在同一张饭桌上吃饭，堆着尴尬的笑容不停地劝温行止吃菜。

齐卿卿万没有想到还能撞上这么一出戏码，惊悚了半秒后慌忙地转身，抬头看见温行止办公室的门开了。她几乎是下意识地朝他的方向跑过去，把完全不知道发生了什么的温行止再度推回办公室内，慌慌张张地关上了门。

办公室里一片漆黑，惊魂未定的齐卿卿喘着气说："教授……开……开灯。"

温行止他抬手按开关，光线盈盈地洒下来。他问："你脸色怎么这么难看？"

"我撞见了不该看见的事情了……这灯好暗，能再开亮点儿吗？"

早前曾在会议室门口和带队教授说话的温行止已经猜到了七八分，还没来得及回应齐卿卿，办公室的门突然被敲响。

齐卿卿被吓得差点叫出声，好在温行止眼疾手快地在她出声之前捂住了她的嘴。她顺着温行止的力道往后靠着木门，暂时充当了顶门柱，露出求救的眼神朝他摇头，示意他不要开门。

温行止会意，做了一个噤声的动作，然后压着声音问门外的人：“谁？”

带队教授的声音就响在门后：“温教授，是我。”

“有事？”

“想问问，你刚才是出来了吗？”

居然被看见了！齐卿卿暗叫不妙，温行止确定她已经控制住情绪之后松开手，从口袋里掏出开了封的水果胡萝卜，示意她躲好后半拉开了门：“您说什么，我刚才没听清楚。”

“你在吃东西？”

“有点饿了。”

带队教授如释重负地笑起来：“原来如此。对了，关于聘书的事……”

“我正在考虑。”

“行，那你好好考虑。”

温行止点点头，然后一脸从容不迫地把门关上。

他的目光对上缩在角落里的齐卿卿，只见她红着双眼像只受惊的小白兔。她有点慌乱地问：“能把灯调亮点儿吗？”他的办公室太暗了，和刚才在她脑海里不断播放着的各种惊悚片搅和在一起，简直恐怖至极，人心真是比恶鬼更难揣测。

温行止抬手把智能照明灯的亮度调到最大，解释道：“我不喜欢太亮，所以……”

齐卿卿猛然发觉自己只能看到他嘴唇微动，却听不到一丝声音，耳膜像是胀成了一只巨大的气球，把所有的声音都隔绝在外。她突然就慌了，下意识地去抓温行止的手，声音慌乱而无助：“你在说什么？靠近一点，我听不……”

话还没说完，温行止就俯身靠了过来。掠过鼻尖的灼热气息还带着一丝甜味，她从未如此强烈地感觉到一个人的声音，就响在她万籁寂静的耳中，柔和而清晰。他说：“我说，我不喜欢太亮，所以一般只开一半的亮度。齐卿卿，你以后要听话一点。”

听到了。

齐卿卿的一颗心终于落下来，她后知后觉地“啊”了一声：“我一直……都很听你的话啊。”

温行止细想，不置可否。

齐卿卿以为他是不相信，反问：“不是吗？”

他没忍住轻笑：“是。”

这个认知让他觉得满意，像是驯服了一只又靓又烈的小野猫，它只在自己面前露出柔软的肚皮。他嘴角微弯，但几乎和他侧脸相贴的齐卿卿却没有看见。他仍然附在她耳边，低低地说：“我只是有点担心……如果再遇到什么奇怪的情况，我不在的话，你要怎么办呢？”

这句话让齐卿卿有一刹那的失神，她后知后觉地笑道：“我还真的从来没有人想过我要怎么办。”

五岁开始学大提琴，小小的手指因为按弦握弓而起泡长茧的时候，没有人想过她要怎么办；一个人背着巨大的琴盒上课下课，艰难地挤着地铁的时候，没有人想过她要怎么办；十七岁在一片雪白的病房里醒来，耳朵听不见任何一丝声响的时候，也从来没有人想过她要怎么办。这么多年来她习惯了在人群里扮演独立的角色，她其实能够独自应对很多尴尬或狼狈的局面，可是人潮汹涌，亿万人互相招呼之后冷漠地走过，只有眼前这个人真切地为她着想。他为她想，如果她一个人的话要怎么办？

温行止安静地望着齐卿卿，一双秋水一般温润清澈的眸子里含着浅浅的疼惜。他没有唐突地追问深究，只是简单地把刚才的话又重复了一遍：“所以，你要怎么办呢？”

齐卿卿被问倒，耍赖道：“不知道哇，总不能赖在你这儿不走吧。”

他没搭话，只是垂下眼眸，笑意清浅地泛开。

那一刻齐卿卿想，这个世界乱糟糟的，唯独这个人干干净净，可以悬在她心上，做她的太阳和月亮。

(2)

传说这座天文研究所是距离宇宙奥秘最近的地方。

它是美国第一座大型天文台，第一张月球细部照片就是人类在这里拍摄到的。它辅助无数科学家揭开了无数的宇宙奥秘，研究范围从宇宙大爆炸到追踪围绕行星的星体、研究比邻星 B 的宜居可能等，难以计数，科研实力获评全美最强之一。

闭馆时间过后来访者稀少，留值的工作人员也不多，氛围相对轻松愉悦。天文台的开放区域有一间拥有五十万张玻璃底片照的储藏室，名叫普拉斯塔克，在温教授的指导下，齐卿卿尝试着把一张已经有一百年历史的底片放在电灯台下，用自己挑的一个放大镜仔细看着当年的天文学家们聚在一块做数据分析时的模样。

“他们手里拿的卡片是什么？”齐卿卿问站在她右侧，此时正在指导另一个学生的温教授。

他瞟了一眼底片，答：“大概率是光谱。”

“光谱干什么用的？”听起来就觉得很复杂。

“天文学意义上的光谱，例如恒星光谱，指的是反应构成恒星的原子中的光子被吸收或者释放的能量图谱，天文学家可以通过它准确地鉴认每一种元素。”

从小就没有理科思维的音乐生齐卿卿开始犯晕，念叨道：“我只看过总谱、分谱、简谱、五线谱、六线谱、和弦谱……”

“看光谱倒是很简单。”温行止一边说一边摸出手机，随意点开相册里存着的一张光谱，展示给齐卿卿看，“如果光源远离我们运动，光谱的谱线就会向红色也就是能量减弱的那一端偏移；反之，则会向蓝色也就是能量强的一段偏移。”

“就这么简单？”

“你想学难的自然也有，但首先得把化学元素周期表背一遍给我听。”

“打扰了，我这就滚……”

温行止收起手机，好整以暇地看着齐卿卿，似乎真的在等她滚一样。

齐卿卿才不愿意干这么傻的事儿呢，面子什么的她早就不想要了。在安静地和温行止对视了三秒之后，她蹦起来跳到他身侧，为了能保持住平衡手指还下意识地扯了扯他的衣角。

“能量超强，我变蓝了！”

温行止看着眼前才长到他肩膀处的小姑娘，甩着马尾笑得阳光璀璨，是干净清爽的，属于夏天的元气少女。

虽然他听懂了她话里的意思，但一直想忍着笑意，却在三秒之内就破功了。

她是在说——他是她的光源。

温行止上课非常注重实用性，针对研学营里不同层次的学生设计了不同的教学环节，把他那句“项目的重点在于天文研究所的相关科普”践行得非常彻底。众人逛完研究所的开放区域，已经把各类天文仪器认识得差不多了，雨仍没有停。在温教授遗憾地宣布观星环节不得不取消后，几个吃准了温行止会心软的学生不依不饶地说想上观星台，大有一种就算用不了那些价值连城的世界级先进望远镜，摸一摸过过瘾也好的心态。

温行止无奈地笑道：“和一般天文馆的望远镜陈列不同，我们的望远设备是由专员管理保养的，在观测室用电脑终端进行操作使用，一般来说是摸不到的。不但用不了、摸不到，连看都看不着。现在穹顶已经关闭了，在这种天气里望远镜是绝不可能启用的——让它探出个脑袋来都不行。”

学生们纷纷沮丧地叹气，温教授暗笑，忽然又话锋一转，说：“但是……想上观星台还是可以的。虽然看不到星空，但过把瘾也未尝不可。”

而后一群人各自躲在伞下，拥挤着上了观星台。原本还零星洒落的雨滴，正巧就在齐卿卿钻出来后停了。温行止听不到雨滴溅落在伞面上的声音后回头看向根本不用打开伞的齐卿卿，笑问：“你难道是晴天娃娃吗？”

齐卿卿因他的笑恍了神，一时之间忘了回答。观星台上没有亮灯，眼睛在适应了黑暗之后朝远方望去，能见到在穹顶之下散发出荧荧夜光的城市。

学生们四散开来，拍照的拍照、看风景的看风景，各自在这方小小的天地里找寻着能够留下痕迹的方式。齐卿卿哪里也没去，就安安静静地跟在温行止身后，和他一起仰望着这片被他仰望过无数次的夜空。

他像自言自语，又像还在上课，说：“即使今晚没有积云，但在波士顿散发出的强光影响下，我们还是见不到多少星星的——大城市的光污染使得亮度低的天体已经很难观测到。虽说肉眼观星的年代早已经过去，但黑夜被赶尽杀绝，总归是件令人悲伤的事。”

齐卿卿想起在温行止办公室里让他把灯调亮点儿的事，脱口而出地问：“所以你才不喜欢亮光吗？”

他像是没想到齐卿卿能这么顺利地就猜到自己的习惯，侧脸看她，声音仍然淡淡的：“我只是不那么需要亮光而已。”

可我恰恰相反，齐卿卿想。正是因为我那么向往亮光，所以才会喜欢像神明一样慷慨地将光洒向我的你。黑夜疯狂腐败，你却一直清醒温柔，一尘不染。

幸好明天就要走了，不然继续待在温行止身边的话，不知道会喜欢他喜欢成什么样子。

这样想完，齐卿卿如梦初醒地望向夜空，像是从很久远的梦里惊醒过来——明天，她就要走了。

（3）

很早就在旅馆的单人床上惊醒，齐卿卿猛地坐起身，看到正坐在化妆台前抹口红的阿宁。

今天就要走了，可能以后再也见不到温行止了。

这个认知让她瞬间泄气。

阿宁看齐卿卿一副蔫透了的模样，随口问：“怎么了？”

齐卿卿细声嘟囔：“不想走。”

“舍不得小情郎？”

“要是成了小情郎倒还好说。”

“瞧你那点儿出息，一副没了他活不下去的样子。”阿宁毫不留情地吐槽，“你走了就让他跟着你回去呗。”

“我哪有那么大的本事啊？”

“所以，我早说了，这种级别的男人很难追的嘛。”

齐卿卿撇嘴，再次往床上一瘫，沮丧道：“我今天不给你打杂了，我再也不会快乐了。”

阿宁看准时机在齐卿卿腰上一掐，齐卿卿立马痒得满床打滚，阿宁趁机坐起身，对这个动不动就用罢工威胁人的小东西恨得牙痒痒，但还是没忘了安慰她，说：“温行止会回国的。他在这儿的合约快满了，国内好几家顶尖大学现在都希望能聘请他回国入职，不然你以为咱们教授为什么特地远渡重洋跑过来巴结他？”

齐卿卿闻言，眼睛里终于有了光：“真的？那温行止会答应吗？”

“谁知道呢？但如果他真的对你有意思的话……”阿宁的笑容渐渐狡黠，一脸意味深长地朝齐卿卿挑眉，“完全没理由拒绝的啊，对吧？”

齐卿卿这才觉得又看到了希望，一骨碌爬起身，心情大好地去换衣服，仿佛刚才趴在床上装死颓丧的是另一个人一样。

研学营的闭幕式按例在校区内举行，相关领导和老师全部出席，只是因为赶飞机的原因删去了很多发言流程，草草地就准备照大合照，然后直奔机场了。

合照时齐卿卿站在第二排最右边，远远地就看着带队教授亲昵地把温行止也拉到第一排的中间，瞬间心生歹念地也想站到温行止身后和他一起拍大合照。于是，趁着温行止还侧着脸和教授说话的空当，齐卿卿憋着一股劲儿拼命地往对列中间挪。眼看就要成功了，摄影师突然高喊一句："准备拍了！"

还差四个人就挪到温行止身后的齐卿卿猛地刹住车，但又不甘心就此放弃。她看了看温行止身后的那个女生，也顾不得什么面子了，直接开口问："你介意和我换个位置吗？"

那个女生看了齐卿卿一眼，又看了看听到她声音立马回过头来的温行止，红着脸摇了摇头。齐卿卿沮丧地撇嘴，扫了一眼温行止的后脑勺——他倒是一副什么都不晓得的样子，真是被偏爱的都有恃无恐。

齐卿卿正不高兴着呢，带队教授终于放过了温行止，转过脸去和另一个外国教授说话。温行止得了空，散步一般直接出列往右挪，轻轻松松地站到了齐卿卿前面，整个过程不动声色，连头都没回过。

在温行止站到她面前时，齐卿卿感觉心里像是有束烟花，"嘭"地就炸开了，散出漫天的火树银花。然后，在本年度研学营的结业合照上，第一排靠右侧的温教授一身西装眉目清隽，他身后站着一个扎着高马尾的少女，噙着大大的笑容在他脑袋后面用手比了两只兔耳朵。

“正好你喜欢吃胡萝卜嘛。”她后来一脸坏笑地解释道。

而后学生们便四散了，拖着行李箱排队准备上车去机场，齐卿卿摸空往温行止身边蹭。他在广场旁的一棵桉树下被几个K大文学院的女学生拦住，阳光从树叶的间隙间落到他身上，亮晶晶的，特别好看。

那几个女学生非常大胆，问的是齐卿卿从两人第一次见面就想问温行止的那个问题：“温教授，能不能留个您的联系方式呀？”

“你们入校前发放的手册上，印有物理学院的办公电话。”

“那能找到您的吗？要不还是留个电话号码或者社交账号什么的吧？”

“抱歉，这个不方便。”

“教授您别担心，我们就是想着如果有什么问题的话，请教您比较方便。”

“我理解，但是联系老师的话，办公电话已经足够了。”

他态度很坚决，几个女生见没戏了，只得悻悻地离开。

见齐卿卿来了，温行止意料之中地一笑。她装出一副看风景的样子逛到他身边，像电影里间谍接头那样想靠近却又不敢，老远就视线飘忽地问：“那个……你以后有什么打算吗？”

温行止笑吟吟地反问：“以后指的是什么时候？从相对论看来，现在也可以是从前的以后。”

“我的意思是，从现在开始，往后算的以后……”

“十二岁那年，我根据全身体检报告单，我预测我大概能活到八十五岁，然后我进行了人生的第一次全面规划，具体到每月目标。你想听哪个月？”

这个男人是魔鬼吗……

“你一直都在执行这个规划？”

“当然。”

“规划的目标……都实现了？”

“除了四年前被 NASA 驳回的一次观测申请之外，至今没出现过什么意料之外的转变。”

“所以——你十二岁时就决定要来这里当教授了？”

“没有规划到职位那么仔细，只是定了一个初步的方向而已。”

那也没多大差别吧？果然梦想这种东西，只有对天生自律聪慧的人来说才是用来实现的，对她这等平庸凡人而言，梦想就是用来破灭的。

不敢再往下问了，营员们差不多都已经上了车了，齐卿卿赶紧摸出手机问温行止：“回国之后打物理学院的办公电话要不要加区号什么的呀？你什么时候会在？我得算一算时差才能……”

手机突然被温行止拿去，齐卿卿呆愣地看着他在屏幕上轻点，再还回来时手机上显示的是好几串不同的号码。

温行止淡定地给出解释：“第一个是我在美国的手机号码，第二个是我在国内的手机号码，第三个是我现在公寓的固定电话，第四个是我的私人邮箱。不出意外的话，近十年内你都能通过这四个号码联系到我。”

齐卿卿的肾上腺素一下子飙了上去，她不知作何表情才能让自己显得不那么受宠若惊，用力握拳都忍不住心里的雀跃。她毕竟是个什么都藏不住的人，最终还是顾不上什么矜持了，一脸掩藏不住的期待表情望向他，脱口而出问道：“那你会来 K 大当老师吗？”

他垂着眼睫，风轻云淡的表情，像是根本没有多想这句话里面藏着的是她怎样热切的期盼和憧憬，只是非常理智地给出答案：“我已经回绝了 K 大的邀请。”

一颗心像瞬间被扔进冰冷的湖中，气氛猛地一僵，齐卿卿意识到似乎一直以来都只是自己在不停地幻想。

大巴准备发车了，阿宁远远地在广场上叫齐卿卿的名字。齐卿卿回头去看，听到温行止一句淡淡的再见。她回头看他，试图从他的表情里看出什么不同寻常来，但奈何他始终是那副镇定自若的君子模样。

她又委屈又郁闷，没控制住地呛了他一句："谁知道什么时候能再见？"

他不知道为什么非常笃定，答道："很快。"

齐卿卿不敢再乱想了，红着一双眼睛幽幽怨怨地看着他，撇嘴道："骗人。"

难得看她闹小脾气，温行止暗笑，抿住唇才藏住笑声，又认真地重复了一句："再见。"

齐卿卿又急又气，这边对温行止的冷静束手无策，那边的阿宁又在拼命催她，她实在想不出什么好办法来了，就只能一跺脚，气势汹汹地望着他道："你不明白也没事儿，但是你再等等我，我很快就长大了。"

到时候，我亲手来摘你这颗星星。

说罢，她不等温行止回答，一溜烟儿地往广场跑去。

Chapter 04

"你守护星星，我守护你。"

(1)

回到 K 大时正好赶上周末，休息了两天，周一晚上新学期的全校公选课通知刚发布下来。齐卿卿抱着电脑犹豫再三，最终选了一门相对冷门的“太阳系的简易科学”。室友煎蛋擦着头发路过，瞟了一眼她的电脑屏幕，问：“这门课好过吗？”

“应该比美学好过……”音乐学院的美学课号称“重修收割机”，正巧是齐卿卿今年的专业必修课程，一堂课听下来迷迷糊糊的，愁得她脑瓜都发了芽。每每这时煎蛋都会无比庆幸自己当初转专业的英明决定，哪怕她因此成了人人听闻后敬而远之的数学系女大学生，但怎么都好过被美学那种极其抽象的概念折磨，最后还落得一个“自挂东南枝”的下场。而她转专业时因为数学系仅有的两个女生寝室已经住满，煎蛋便获批留在音乐系的寝室，一直和齐卿卿住在一起。

“你怎么突然对理科这么感兴趣了？”齐卿卿自己都还没想出答案，煎蛋就又奸笑着补一句，“爱屋及乌啊？”

话里明显指向温行止，齐卿卿感觉心里像是被什么轻轻咬了一口，颤了颤，随即恢复正常。她撇撇嘴说：“温行止可能都忘记我是谁了。”除了飞机落地之后，她发了一条报平安的短信后，和温行止之间的联系便归于零。生活里关于他的部分除了偶尔的想念，就只剩下煎蛋和阿宁闲来兴起的调侃了。

煎蛋看齐卿卿轻皱眉头的样子，笑了一声把微湿的毛巾往齐卿卿的脑袋上一丢，却笑她说：“这小寡妇的模样，真是‘轮到相思没处辞，眉间露一丝’啊。”

“你是不是又瞒着我偷偷转去了中文系？”

煎蛋不屑地“嘁”了一声，伸手摸走她的手机：“借我玩会儿‘消消乐’啊。”

齐卿卿还有些疑惑，她爱玩“消消乐”这件事在酷爱狙击手游的煎蛋那儿，一直是个奇怪的笑点，今儿她怎么突然这么反常？直到睡前她习惯性地查看收件箱时，才发现自己和温行止的对话框不知何时更新了，里面赫然显示着一条煎蛋在一小时前发过去的信息，酸溜溜文绉绉地写道："零星地想你，却也凑成了银河。"

煎蛋那丫——果然是个中文系学生吧！齐卿卿感觉大脑瞬间充血，一骨碌坐起身，还没来得及开口，坐在书桌前玩游戏的煎蛋就淡淡地来了一句："怎么，温行止回你了？"

"没有！"

"难道科学家连时差都异于常人？"

"这种话你让人家怎么回啊？"

"很难吗？他会算高阶微分方程，不会回你这条短信？"

"可我和他根本就没到可以说想念的地步啊！"

"现在不就到了吗？"

一句话让齐卿卿噎住，她坐在床上无语凝噎，看着煎蛋继续淡定自若地玩游戏，欲哭无泪地仰身摔回床上。

误交损友啊误交损友！

那一晚齐卿卿顺利地失眠了，大脑极其紧张地等待着手机响起收到短信的声音，盯着手机上的美国时间翻来覆去地看，一直到第二天早上都没有等到回复，她顶着一双快掉到地上的眼袋爬起床准备去上早课。

正在刷牙的煎蛋见此模样吓了一跳，蹦了句脏话："乖乖，你这眼袋都能分三层了！"

齐卿卿幽怨地瞪了煎蛋一眼，抬手拿起漱口杯准备挤牙膏，煎蛋又问：“没回你？”

齐卿卿又瞪了她一眼，煎蛋瘪瘪嘴，无奈地耸肩说：“啊噢，没戏。”

你就是这样毫不留情地全然不知后悔地扼杀一个少女的春心的吗？

煎蛋被齐卿卿那堪比咒怨女鬼的眼神看得直发怵，连忙换个态度安慰她：“也不一定，可能温行止是忘了回呢？要不我再帮你发一条？这回发点儿和物理相关的情话怎么样？比如说……”

齐卿卿摇头不语，一边刷牙一边走回寝室拿手机，摁亮屏幕一看：美国时间 18:32 分，收件箱新消息为零。

什么事儿能让他忙到连短信都忘了回啊……

一直等到一周之后，齐卿卿心里的小鹿都已经跳得过劳死了，与温行止的对话框仍然停留在初始的那个页面。这七天来她想过无数种可能性来安慰自己，但最终都全部失效。

彻底毁了。

她轻轻地叹了一口气，把手机塞进课桌的抽屉里，抬头看向讲台。公选课的老师正在比画投影幕布上的小行星，解释道：“45.5 亿年前，小行星的大碰撞使得地球的自转轴偏转了 23.5 度，因此我们拥有了四季的更迭……”

齐卿卿难以自制地想到一个人，同样穿着西服上课，拿着麦克风严肃优雅地讲解着物理知识，低眸时显出一派世界都被盈盈握在掌中的温柔。

心脏顷刻变得柔软。

她还没想完，手机振动，有信息进来了。这几天因为等温行止回复而形成的条件反射此刻已经消失了，齐卿卿慢吞吞地摸出手机解锁，自动弹开的对话框上赫然显示着“温行止”三个大字，他写了简简单单四个字：“我回国了。”

齐卿卿以为这是幻觉，愣了五秒之后果断地退出程序，然后再点开反复确认了几遍——这确实是来自温行止留给她的电话号码发来的信息。

他居然——真的回国了。

（2）

入团以来，齐卿卿第一次请假缺席了市乐团的排练，飞奔赶到大学城西门时已经迟到了好几分钟。齐卿卿老远就看见等在花坛前的温行止，一身白衣黑裤安静地立在那里，浑身散发着一种带着冷清和安稳感的温润，气质拔群，美人在骨大抵如此。

她气喘吁吁地奔过去，看着他的眼神从淡然到逐渐染上浓厚的笑意。他看着她有些狼狈地走近，垂下眼睫，笑意弥漫：“我说过的，很快就会再见，你还不信。”

齐卿卿问：“你怎么突然回来了？”

“不是你说想我了吗？”

“你是为了我回来的？”

“当然不是。”

齐卿卿坏笑道：“教授，口是心非是坏习惯哦。”

他笑得耳朵都红了。

温行止这次回国是因为要参加K大隔壁科研所的一个国家级项目，为期半年。齐卿卿以带他熟悉大学城为借口约他出来，自然也要尽责地完成个任务。两个人沿着西门的石道往里走，她从背包里摸出一张CD笑意盈然地递给他。封面是十七岁的齐卿卿和程之栩，以偌大的交响音乐厅作为背景，灯光聚焦坐在钢琴前的少年和轻抚大提琴的少女身上，专辑名字是：《The Gift》（天赋）。

他微微点头：“名字起得很好。”

齐卿卿指指封面上的程之栩，笑道：“我们以前老爱说：有朋自远方来，赠一gift（也有礼物之意），不亦乐乎？”

自远方来的温行止果然笑了：“你们什么时候会再开演奏会？

一定通知我。”

齐卿卿的笑容僵了僵，但仍然努力维持着笑意：“不会再开了吧……”毕竟她和程之栩已经是两个维度的人了。“不过，我现在在市交响乐团当兼职乐手，也还会上台演出噢。”

但作为交响乐团这样一个庞大团体里的一分子，其光环又怎么和协奏巡演的主角之一相比？

温行止显然没多想，仍然是风平浪静地轻笑着，伸手像鼓励小动物一样拍拍她的脑袋，两个人一起往大学城内走去。

A 市大学城是国内一流的大学园区，囊括各色科学中心、美术馆、艺术村等，光是沿着主干道逛下来都要花好大一番工夫。温行止腿长，走路时又目不斜视非常专心，总是很容易就把这里瞅瞅、那里看看的齐卿卿落下。等她回过神来时，温行止已经悠悠然走出去好远，正站在某个卖生活用品的小摊前等着她，还非常认真地听着摊主给他推荐一款非常夸张的皇冠发夹。

齐卿卿赶紧跟上去，看着温行止一脸受教地不住点头，乖得像个正在听老师解题的学生，忍不住想象起他当学生时的样子，肯定是最温柔乖顺的第一名，不禁笑了出来。这时温行止忽然朝齐卿卿在的方向看过来，她眯着眼睛继续冲他笑，很快便看到他耳朵突然红了。等她停在他身前时，他把手里的发夹往她脑袋上一比画，问她：“你喜欢吗？”

齐卿卿没有直接拒绝，扫了一眼摊主的货物，顺手抓起一个有胡萝卜装饰的发圈道：“喜欢这个！”

温行止这才放下手里那个亮晶晶的粉色皇冠发夹，如释重负道：“那就要这个。”

最终在摊主超乎想象的热情下结账，看着齐卿卿顺手把小兔发圈戴到手腕上，听到一对路过的情侣对话，女孩子非常疑惑地问：“你干吗非要站这边啊？”

男生答：“不是你之前说的左边靠近心脏吗？”

齐卿卿心想，这都多少年了，非主流文化仍然在各个角落里残存着，果真长生不死。她转身时又瞥见男生书包上的医科大学校徽，突然感觉这个说法又带上了一些莫名的科学色彩。温行止付完钱后和她并肩往前走，她像小猫一样钻到他左手边，他问她：“怎么了？”

“刚才听说的，站到左边会显得亲密一点。”

“为什么？”

“因为左边靠近心脏呀。”

他轻笑一声：“这像是一种群众性文化妄想。”

“什么？”

“没什么，和星座一样。大意就是人们总是很喜欢给某种现象赋予无稽的意义……”

齐卿卿迷迷糊糊地感觉自己被说教了，大脑还在艰难地理解着他的话，温行止却在某个节点微微停住，不着痕迹地绕到了她的左边。

齐卿卿以为温行止是不愿意让自己站在左边，心里一沉，下意识地问了一句：“怎么了？”

“这不是你的左边吗？你难道是右位心？”

她连连摆手：“不是不是，我心位特别正常。”说完突然觉得自己的心率不大正常了，深呼吸好几口气之后重新理解了几遍温行止的话，最终在排队买奶茶的时候掏出手机飞速地发信息给煎蛋：“我觉得，温教授好像有那么一点点喜欢我。”

煎蛋一秒回复：“那还等什么？扑倒啊！”

齐卿卿觉得她这个指示颇具荒诞色彩，下意识地看了一眼温行止，然后心虚地回复：“我觉得应该是我的错觉……”

“这还能是错觉？能真实感受到的喜欢肯定是真的！美男当前你不要尿好不好？”

“也不是尿，我就是觉得……其实像现在这样，能见着他就已经很高兴了。”

煎蛋一连发来好几个揍人的表情包，恨铁不成钢地道：“你别𡱁啊！我可听说了啊，隔壁科研所为了解决男女比例失衡问题，最热衷于和师大搞联谊。就温行止那条件，肯定是招得一拨又一拨小姑娘来纠缠的。到时候他被人抢走了，你就躲着自个儿哭去吧。”

齐卿卿有些慌了，还没来得及回复就听见店员叫自己的单号，忙不迭地把手机揣进口袋去取奶茶了。这家是她很喜欢的奶茶店，刚巧有奶盖系列第二杯半价的活动，温行止刚巧表示愿意做她的第二杯半价。

为了照顾他的挑剔，齐卿卿很保守地给他点了一杯招牌奶盖，而她则想尝鲜，要了一杯新出的果茶奶盖。

喝了第一口就踩雷了，齐卿卿被酸得五官都要缩在一起，走出店门的时候偷偷看了一眼温行止手里的那杯奶茶，心中追悔莫及，忍不住哀怨地叹了口气。

他耳尖地听到了，问她：“想喝？”

“啊？”

“我和你换。”

齐卿卿看着温行止伸手过来把她手里的果茶换过去，内心简直翻江倒海，噎了半天才吐出一句：“要不换根吸管……”

话还没说完，他波澜不惊地端着果茶吸了一口，也同样被酸得皱眉。齐卿卿莞尔，他看过来时两个人交换了一个吐槽的眼神，然后默契地一起去找了个垃圾桶把它扔掉。

有正在发传单的陌生人一脸探究地看着他们，温行止没当回事，还心情甚好地伸手去接了几张传单。齐卿卿看见他一直微翘着的嘴角，忍不住问："你今天好像心情特别好？"

他扫了齐卿卿一眼，笑意更深了："之前隔了十三个时区还不觉得，现在真的见到了，才知道原来可以这么开心。"

"你说的开心是指和我一起吗？"

他没说话，只是隐隐地笑着。

"你不说话，我就当你默认了啊，三，二……"

他的笑意溢出来了，数到一时温行止仍然没有表态，齐卿卿捧着奶茶乐起来，道："那你明天还有空吗？"她指指温行止手里那张省博物馆的宣传单，"我们明天再一起去看这个新展览吧？"

他笑得淡淡的："好啊。"

（3）

这次"闲逛"以乐团的催促她去排练的夺命电话结束，说是艺术总监突然来巡，要求每一位乐手都要到场。齐卿卿一千个不甘一万个不愿地告别了温行止,原本还以为两人能一起吃晚饭呢，这样想着的她，在坐上地铁的那一刻，沮丧得像一只瘪了的小气球。

排练结束时已经是晚上九点有余，齐卿卿打开手机时，看到阿宁的几个未接电话，随手给她拨回去。

原来是催她收研学营后期的总结报告。齐卿卿懒懒地应付着，阿宁语气八卦地瞎聊起来：“我刚才整理文件的时候突然想起一件事儿,那时候太忙了忘记和你说。咱们在天文台吃饭那晚你记得吗?我和温教授一块儿去的餐馆，路上他还问起了你。”

齐卿卿心里忽然一紧：“问了什么？”

“我想想……好像问了你成绩怎么样，平时都喜欢干吗，有没有男朋友之类的。我说你成绩能拿特等奖学金，平时除了拉琴就是喝奶茶看书什么的，男朋友这事儿你命犯孤星，打娘胎里就单着。”

齐卿卿没来由地觉得不服气：“谁在娘胎里不是单着啊？”

“我啊，我和我老公指腹为婚。”

“封建残余啊，上个世纪就提倡自由恋爱了！”

“挺自由的，我俩出生之后就搬家了，直到快结婚了翻出小时候的照片，我爸妈才想起有这么一出。”

还真是命运主义和自由主义的完美结合……

挂了电话，齐卿卿背着琴回学校，站在地铁口的灯箱前发了会儿呆。她心里乱糟糟的，明明感觉待办的事情有一大堆，但偏偏就是什么都不想做。她脑海里全都是温行止的样子，正面的、侧面的，冷淡的、含笑的。两人都能从彼此的眼神中读懂对方的想法。

不知怎的就到了科研所门口，门卡后的大厦一片灯火辉煌。自知自己不能进入，也没去想温行止会不会已经下班离开了，她就是觉得他在这里，就是想要等着试试看。她百无聊赖地在门口站了约莫十分钟，便远远看见几个高瘦的身影走了出来，她一眼就瞧见最中间的温行止，一颗心立马飙到了嗓子眼。

几个人好像正热烈地在讨论着什么，温行止非常专注，一直到走过门卡、扫到一个背着巨大琴盒的人蹦出来时，他才注意到齐卿卿的存在，想说的话忽然全部卡在了喉咙里，原本娓娓而谈的冷静人儿猛地呛了一下，一张脸迅速憋红。

齐卿卿站在灯光下盈盈地朝他笑："晚上好呀，教授。"

其他几位男士见状，看看笑意盈盈的齐卿卿，又看看莫名紧张起来的温行止，瞬间嗅到了八卦的气息，连连识相地挥手告退："再见了同志们！这真是花好月圆夜，俊美两团圆哪！"

理工男引用起诗词来也是够要命的……

好不容易平复了呼吸的温行止终于站直，憋了半天最后憋出一句：“吃饭了吗？”

“嗯，在排练厅吃过了。”

“饱了吗？”

“饱了……”

在他眼里她是有多能吃……

两个人一起笑了起来，齐卿卿感觉一颗心终于稳稳地落了下来。此刻他就在眼前，看得见碰得着，眼神里是让人心安的柔光。

“我听了你的CD，技巧和风格都非常独特，听得出来是天赋流，并且，和钢琴演奏者拥有磨合了很多年的默契。”

尤其是那首《德沃夏克：G小调回旋曲，作品94》，两人配合得轻松自如、天衣无缝，雨滴般的钢琴声被悠扬的大提琴音串起，他从来不知道大提琴的音色居然如此轻巧绝伦。

齐卿卿微笑，这张专辑收录的是她和程之栩从开始练习协奏就喜欢一起练的五首作品，堪称当年全盛时期她和程之栩的代表作合集。

“可惜我现在已经拉不出这样的曲子了。”

温行止的表情有些难以形容，眉头微皱，目光深不可测地落在她的脸上，但最终仍是什么话都没问出口。他总觉得现在并非问话的时刻，她来找自己，肯定也不是为了说这句话背后的那个故事。

两个人在路灯下站了一会儿，最后他伸出手来提她背上的琴盒，说：“我送你回寝室吧。”

“好。”

于是两人又并肩往K大的方向走。

月光清盈，路上满是月色，路过K大正门的花坛时还碰到一位物理学院的师兄，因为一起排练过校庆节目而和齐卿卿相熟，看到他俩时表情犹如正在参演午夜惊魂，一张嘴“啊”了半天最后什么都说不出来。最后师兄只悻悻地和温行止握手，说：“拜读过您所有的论文，您的理论见解和学术态度，令我折服。”

温行止淡淡地道谢，像是早已经对这种突如其来的赞美和崇拜习以为常。走远之后，见齐卿卿正望着前路出神，他冷不丁地来一句：“他是不是喜欢你？”

齐卿卿一头雾水：“啊？”

他又说：“刚才看你的眼神有些不同。”

“有什么不同？”

他暗笑，大有“说了你别受不住之意”，道：“虽说不大清楚，但我觉得和你看向我的眼神有点像。”

齐卿卿感觉自己的肾上腺素一下就飙到了最高点——“这……这么明显吗？”难道千算万算，最后把她卖了的人就是她自己？

“我瞎猜的而已。”

这个回答仍然让齐卿卿感觉心中万马奔腾，所有情绪和想法都在一瞬间涌上来，顷刻间就把脑子搅成了糨糊。她浑浑噩噩地走到寝室楼下，听到温行止淡淡的一句“到了”，才猛然回过神来。

她转头看，见他已经放下了琴盒，还是安安静静地站着，大厅里折射出来的光铺在他脸上，他的五官长得恰到好处，看起来令人觉得是种享受。

“温行止。”

“嗯？”

“你经常送女孩儿回寝室吗？”

他非常诚实道：“只送过你一个。”

“那，你以后可不可以经常送我回来啊？”

他似乎没想到会有这么一问，稍稍迟疑，但回答时语气很肯定，像是许下什么承诺：“可以……”

“那可不可以把明天我们去博物馆，改成我们去约会啊？”

“可以……”

“那，你可不可以做我男朋友啊？”

他甚至没有犹豫地回："可以。"

他说这些话的时候，一直都是微微勾着嘴角的，声音柔和清晰，淡定得就像两个人只是单纯地在聊天，一切都是那么水到渠成。齐卿卿花了二十秒处理完当下的所有信息，心里像是有什么突然爆发似的，让她完全无力招架，只得在感受到自己的表情显然有大变化时不断自我催眠道：不要笑得太傻……

"想笑可以笑的。"

她应声破功笑出声来，感觉自己的血压已经飙到了最高，整张脸瞬间也灼成羞赧的红色。此情此景她继续站着也不是直接走人也不是，温行止还站在那里笑得勾人，她只好蹲下来把脸埋进膝盖里。

温行止也跟着蹲下来，伸出手像摸小狗一样揉她的脑袋："你这样，特别像我把你欺负哭了。"

齐卿卿立马抬起脑袋，双手捂住发烫的脸颊，连连否认："不是不是，我是太高兴了。"

他笑弯了眼睛："有多高兴？"

"高兴到能够体会到猪八戒娶到高小姐时的心情了！"

温行止看着齐卿卿亮晶晶的眼睛，没忍住直接笑出声来："你这个比喻，有点过于生动了。"

齐卿卿跟着他笑，托着腮开始天马行空："天哪，我上辈子是烧了什么高香啊……"

"我是坚定的唯物主义者。"

"那是那是，你是科学家。那我就是坚定的唯温行止主义者。"

他笑得眉目都软了："第一次听说有这么一个主义。"

"那是。由我提出，被我信奉，其核心观点是：从今往后，你守护星星，我守护你。"

像是从漫长的夜晚中醒来，他终于真切地感受到有人站在自己身旁。

"那就麻烦你了。"

"不麻烦，为温教授服务！"

齐卿卿笑得古灵精怪，他又没忍住摸她的头，说："快回去吧。"

齐卿卿一下蹦起来，捞起琴盒时瞥见自己手腕上的发圈，忙解下来往温行止手上一套："有了这个，研究所和师大的联谊你就不用去了。"

"本来就没打算去。"说完，他若有所思地笑道，"这算一种宣示主权的行为吗？"

齐卿卿原封不动地把网上关于男孩子手上戴发圈的含义的那句

话搬过来："对，代表这棵白菜已经被猪拱了。"

"幸好是纤维制品，你要是送我其他的什么定情信物，我进实验室之前还得取下来。"

齐卿卿被"定情信物"四个字惹得耳朵发烫，赶紧缩回手提起琴盒要往寝室溜。她推门时回头看他，白衣青年笑盈盈地立在那里，眼中有春天的风和夏天的云，好看极了。

她挥挥手："回去注意安全，明天见呀高小姐！"

他刚收敛的笑意又漾了出来。

(4)

从来没有觉得自己的琴盒这么轻，齐卿卿进了寝室楼之后连电梯都不想等了，三下五除二背着琴盒就往楼上蹿，一打开寝室门就往煎蛋身上一扑，持续不断的笑声如魔音般洗脑。

煎蛋有些摸不着头脑："你被人喂了含笑半步癫啊？"

"不是，哈哈哈哈哈……"

"那你笑什么？"

"从今天开始，我，不再是以前那个齐卿卿了！"

"你是宫斗剧看多了吧？"

"不是！"齐卿卿白她一眼，收起笑容，清了清嗓子，"从今天起我是：齐卿卿，温行止的女朋友。”

“你俩？”煎蛋有一瞬间的惊愕，随即一脸“难怪”的表情，“我还奇怪刚才那个物理学院的师兄怎么巴巴地打电话来问你和温行止的事儿……”

齐卿卿莫名其妙，难道有些事真的全世界只除了她自己不知道吗？

她甚是郁闷，煎蛋又说：“师兄也是惨，追着追着，八字都没来得及有一撇呢，发现情敌是温行止……”

“什么意思？”

“这种感觉大概就像一个立志进入娱乐圈的新人企图追求自己的爱情，最后发现自己的情敌是吴彦祖。”

“……”

Chapter 05

the Galaxy and his cat

“是，喜欢，的颜色啊。”

（1）

次日早晨齐卿卿被闹钟吵醒，一睁眼便看见穿透了床帘透进来的光束，细小的灰尘在光柱里翻腾。大脑中有关于昨晚的记忆渐次被唤醒，她洗漱之后坐在桌前打开手机，正打算主动跟温行止说声早上好呢，对话框里突然跳进来一条消息：“五分钟后到你楼下。”

“我才刚起！”

“那我给你带份早点。”

这是重点吗？

“你走慢点儿，我……我先倒饬倒饬！”

第一次约会，总不能素面朝天吧！齐卿卿赶紧扑到煎蛋床上把她吵醒，两个人手忙脚乱地开始翻衣服和护肤品。还没选好衣服，温行止就已经到了楼下，齐卿卿刚艰难地把自己塞进一条很久不穿的海军风连衣裙里，一接起电话就听到他说：“我到了。”

“你等等我，你等等我……”

电话那头的人轻笑：“我一直在等。”

话里的意蕴太浓，齐卿卿听得一顿，还没来得及深想，他又补了一句：“但是你如果再不下来，刚买的鸡肉三明治就没了哦。”

齐卿卿一愣，什么粉底遮瑕统统不想要了，二话没说随便抹了点唇膏、捞上单反相机就冲了下去。只剩正在帮她拆封粉底液的煎蛋无言地望着她夺门而出的背影，又困又无奈地慨叹一声：“没见你对一个人这么上心过……”

齐卿卿飞奔到寝室楼下时，刚好遇上学生出去的高峰期，温行止背着双肩包温文尔雅地立在那里，虽然手里非常接地气地提着个装有鸡肉三明治的塑料袋，但仍然不影响他那高岭之花的气质，引得好几拨女生驻足张望。

他看到齐卿卿，嘴角弯起来，齐卿卿下意识地来了一句：“教授早上好。”

他哭笑不得道：“你这样让我不得不端起为人师表的矜持……”

“你还有不矜持的时候吗？”

“有。”他把手里还有些微热的鸡肉三明治递给她。

齐卿卿接过后两人自然而然地调整步伐，一起朝前走去。他说：“我七点起床，九点运动结束，按理来说现在应该在看书。”

齐卿卿分了神，咬三明治的动作慢了下来：“啊？”

可是却违背计划猴急地来见你，可谓相当不矜持。温行止没答，随手揉揉她的脑袋：“好了，认真吃早餐吧。”

周末出行无论如何都躲不开密集人流，一路参观着密密麻麻的脑袋终于到了博物馆。取票时齐卿卿站在温行止身旁，在他低头翻身份证的时候溜去自动售卖机前买了两瓶水。她蹦跶着跑回来时，看到站在原地的温行止有些失神地朝四周张望着。

见齐卿卿跑回来了，温行止才松了一口气，伸手想牵住她却发现她两手都拿着水，还没头没脑地把一瓶水递到他手里，问：“要喝水？”

温行止叹着气摇头：“都给我，我来拿。”手也给我。

“不用不用，很重的。”

“我有力气。”

齐卿卿脑子一抽：“我也有啊！”

温行止微微皱眉，大概是觉得很可气又很好笑，顺手把肩上的包也往她手上一挂："那这个，也麻烦你了。"

齐卿卿没想到有这么一出，脑门上挂着一个巨大的问号，看着温行止两手空空地拿着身份证去取两个人的票，回来后直接拎着她往展厅入口处走。一直到站上自动扶梯，齐卿卿才发现他眉梢不悦地皱起，是那种腹黑人格发作时特有的神情——完了，她又惹到他了……

展厅在三楼，是以重返巴洛克为主题的那不勒斯黄金时代绘画展。齐卿卿抱着一个包、两瓶水和一台单反相机，活像要搬家来博物馆过夜一般，引得游客好奇地张望，根本没法子好好看展。

反观温行止，脚步轻轻盈盈地走在她右前方，风轻云淡地欣赏着色彩丰富的画作，丝毫不畏惧路人们探究的目光。

她尝试着在温教授的目光偶尔从油画上移开的时候，发出暗示："感觉有点重……"

"没事，你有力气。"

"？"

再往前走些，齐卿卿看见一幅早前非常喜欢的大色块油画真迹，想用相机拍下做纪念，双手却被重物禁锢，完全没办法动弹。

她再次向温行止发出暗示："真的好重啊……"

这回温行止只轻飘飘地扫了她一眼：“没事，这个展厅快逛完了。”语毕继续施施然朝前走……

艰难地逛完了第一个展厅，齐卿卿赖在出口处的休息长椅上不肯动，温行止走了半步又退回来，明知故问道：“怎么？”

齐卿卿气结道：“我不想拿了！”

“所以呢？”

“你帮我拿一下嘛！”

终于听到满意答案的温行止差点没控制住笑出声来：“知道重了？”

“知道了。”

“以后重物都应该让谁拿？”

“你拿！我以后连瓶盖都拧不开了，都归你。”

温行止这才终于笑了，伸手过来把水瓶塞进包里背起来，一手提着齐卿卿的单反相机，一手揉揉她的刘海，嗔她：“走吧，小癞皮狗。”

齐卿卿这才眉开眼笑地站起身，温行止顺势想牵她的手，她却刚巧闪身往前，蹦蹦跳跳地先一步跑开了。

怎么又没牵到……

（2）

逛博物馆向来是耗费脑力和体力的活动，齐卿卿不爱看指引手册随意乱逛着，总在某一次回过神来时发觉温行止忽然不在身边了，再逛一会儿又发现他其实就在附近。觉得没什么意思的展品会，两人会默契地一同草草略过，很是吸引齐卿卿的某件展品前一定能发现温行止驻足的身影。

在走走停停中，两人观赏完毕展出的六十幅油画，展览厅出口处的桌子上照例摆着收集观众留言的本子，桌子旁还放置着一台无人问津的触控电脑。电脑屏幕上只孤零零地躺着几个以英文字母命名的 APP，指引的工作人员不在，没有人看得懂。

齐卿卿翻开留言本正思考着要写什么，温行止站在电脑前，抬手随意点开了其中的某个 APP。等齐卿卿俯身写好留言，抬头看到的温行止正轻滑着屏幕上的调色板。她看不明白他的动作，好奇地问：“这是什么？”

“一个 3D 绘画应用软件，通过计算模型排列好无限的调色板和任意规格大小的笔刷，以供取色和绘画，可以模拟出真实下的油画效果。”

“你还会画油画？”

温行止“嗯”了一声，齐卿卿慨叹：“你怎么什么都会啊……”

“我母亲是一位画家。”温行止微微侧过脸看她，神色是一贯的温柔，“不过她性格比较强势，和刻板印象里那种温婉斯文的女画家不大相同。”

齐卿卿点点头，笑说：“我母亲也是说一不二的那种性格。从小她要我做什么我就必须做什么，连商量的余地都没有。”

“现在也还是这样吗？”

齐卿卿不知道应该怎么回答，说是吧，觉得很不甘心；说不是吧，眼下看来，她确实没有挣脱妈妈的过分保护。沉吟片刻后，她决定扯开话题，她指着屏幕上的色块笑着问：“欸，这是什么颜色啊？”

温行止收回调色的手，甚是满意地看着屏幕，道：“这是在我心目中，你的颜色。”

该怎么形容那个颜色？就盈盈地凝聚在拇指大的色块里，看在眼里感受得到调色人如秋水一般的温柔。齐卿卿仿佛听得见自己身体里血液冲击耳膜的声音，一颗心像达到熔点的棉花糖，甜甜腻腻的，整个人陷落进去。很久之后她再问温行止，那个色块究竟是什么意思。

他笑得清柔：“是‘喜欢’的颜色啊。”

从博物馆出来，已经将近下午三点了，齐卿卿饿得没了力气，站在地铁口旁等温行止去便利店给她买垫肚子的零食。

这是一个人流量较大的路口，不远处有一排小摊贩在兜售各色货物，一位卖鞋的中年阿姨离齐卿卿最近，正叫卖着各类女鞋。齐卿卿无意间和阿姨的眼神对上，报以礼貌的笑容之后被阿姨热情地招呼过去试鞋。她倒没有添置新鞋的想法，只蹲过去陪阿姨聊了一会儿家常。温行止拿着一小盒饼干走过来时，她学着阿姨的模样一脸热情地招呼他："帅哥帅哥，买鞋子吗？今天清仓，大减价噢！"

他讶异于她的随和，想笑但又不得不在外人面前维持矜持，脸上挂着淡淡的笑意问道："你在做什么？"

"在卖鞋啊！你要不要买一双给女朋友穿？都是时下流行的新款式呢！"

温行止终是没忍住，一边扶额一边笑，无奈地陪着她演下去："我不知道女朋友喜欢哪款。"

一旁的阿姨见他这么说，知道商机来了，连忙帮腔道："没事儿，小伙子，买了让女朋友试一试，要是不喜欢，随时来退。"

齐卿卿差点乐出声，温行止听后了然地点点头，一副真的打算买的模样，转脸看向齐卿卿："听到没有？阿姨让你试一试。"

脸红比笑容更难掩饰，齐卿卿在阿姨的讶异眼神中涨红了脸——这是官方认证了吧？她第一次被温行止官方认证了啊！

陪着齐卿卿闹完，温行止走到蹲在街边的齐卿卿跟前，朝她伸出一只手：“肚子不饿了？还瞎闹？嗯？”

“饿啊！”她抓住他的手腕，借力一下蹦起来，“我这不是在陪阿姨说话嘛。”

温行止把饼干递给她，稍有些不好意思地和阿姨道别。齐卿卿走之前笑着回头和阿姨挥挥手，阿姨也笑着朝她比了个大拇指，用口型道：“好眼光。”

那是，这可是国宝级的优质青年啊！

（3）

那天温行止不止十次地拒绝了齐卿卿吃火锅的要求，拖着她去一家轻食餐厅吃了一顿索然无味的绿色食品，最后把恹恹的齐卿卿送回寝室。煎蛋回到寝室后见到正在吃外卖的齐卿卿，讶异道：“你家温教授是带你去劳改了还是怎的？这模样看起来半辈子没吃过肉了。”

向来无肉不欢的齐卿卿声泪俱下地控诉了温行止带她吃轻食的行为，煎蛋听后拍案而起：“肉都不给吃，谈什么恋爱？

分手！”

吓得齐卿卿立马环抱电脑屏幕上的温行止：“不要，多给几次机会嘛！”

煎蛋白眼一翻，一副“就知道你会这么没出息”的样子，慨叹一声：“这温教授究竟是从哪个四海八荒出来的神仙，搞科研是行业排头，谈恋爱也是一把好手，能把你治得这么服服帖帖的？”

齐卿卿“呵呵”地傻笑一声：“捡到宝了，捡到宝了。”

事实证明，温行止在恋爱方面虽然称不上经验丰富，但起码也是做法独到，用不着读《恋爱心理学》就能准确地在实践中把控好节奏。该做的一件不少、不该做的绝不多做一步。他将分寸把握得极好，让齐卿卿有一种未费吹灰之力，两个人就已经顺理成章地完成了很多事的感觉。

某一天，两人一起吃过午饭之后，齐卿卿赶去系办公室给阿宁送整理好的研学营总结报告。温行止在回研究所路上忽然发觉自己的工作牌落在齐卿卿包里，折返去音乐学院办公室取。他刚走到音乐学院楼下，迎面撞上许久不见的阿宁。赶着来上班的她正神色匆匆地一路小跑着，看到温行止，一脸惊愕地停住，问：“温教授，您怎么在这儿？”

他礼貌地笑了笑：“好久不见。我来找我女朋友。”

阿宁听到这话简直像听到了一声炸雷，惊得瞪大了眼珠子，愣了三秒之后告辞，旋即转身飞快地往办公室飞奔——

“齐卿卿！”音乐学院办公室的大门猛地被推开，坐在办公椅上整理着文件夹的齐卿卿被阿宁巨大的声音吓得一颤，看到阿宁一脸见了鬼的神情，“温、温行止……他……”

齐卿卿以为是出什么事了，莫名紧张起来：“他怎么了？”

阿宁深吸一口气，没能控制住音量直接爆料：“他有女朋友了！”

“哈？”

“我刚才在门口看见他，他……”

突如其来的敲门声打断了阿宁的话，齐卿卿像感应到什么般迅速回头看向门口，只见翩翩如玉的温行止立在那里，礼貌地和坐在门边的老师助理打招呼：“您好，我找齐卿卿。”

颀长挺拔的身影吸引住了办公室内所有人的目光，齐卿卿朝温行止挥挥手，温行止走进来。阿宁看看温行止又看看齐卿卿：“你是他女朋友？齐卿卿……你，恋爱了？”

不等齐卿卿回答，一直在屏息凝神地看戏的老师们瞬间沸腾了。

温行止接过齐卿卿递过来的工作牌，在众人好奇的目光之下微笑着颔首，大大方方地自我介绍道：“各位好，我叫温行止，是卿卿的男朋友。之前卿卿承蒙各位关照了。”

在座各位都被他由内而外散发出的从容作派折服，有人盯着他手上的 IWC 腕表，有人瞟瞟他西服上巴宝莉的绣标，心中纷纷慨称这位温先生真不是普通人。倒是学院副主任先反应过来，笑叹了一句：“咱们办公室这十大历史遗留问题可算是解决了一件了，温先生可真是千呼万唤始出来啊。”

温行止笑着颔首当作回应，仔细想了想副主任这句话，低头用只有齐卿卿能听见的音量问：“等了很久？”

“也没有……”她眨眨眼，看着距离自己的鼻尖只有几厘米的英俊侧颜，又说，“但是，很值得。”

温行止的项目研究工作正式启动后，他就变得极其繁忙起来，通常一进实验室就是四五个小时，中午齐卿卿发给他“一起吃饭吗”的消息，直到傍晚下课才收到一条“好，结束了我去接你”的回复。

“不用，我去接你也行！”

温行止先是回复了一个问号，齐卿卿都能想象到他哭笑不得的表情了，她正乐着呢，他又说：“那你来吧。在门卡那里直接输入我的研究员 ID 号就可以进来了。”

原本想随便找个空课室继续练琴的齐卿卿立马飞奔下楼，全然不记得她背上还有一个高出她大半个脑袋的巨大琴盒，刚穿过门卡进入研究所大厦就因为过于引人注目而被保安叔叔直接押到前台去了……

齐卿卿这才想起“据说隔壁研究所里随便拿一张草稿纸都有可能是机密文件”的传闻，耷拉着脑袋坐在前台等前台小姑娘打电话给温行止，让他速速前来认领。

撂下电话后，前台小姑娘仔细打量了齐卿卿一番，眨巴着一双水一样的眼睛笑眯眯地安慰她：“没事儿的，温教授之前跟我打过招呼了，但新来的保安叔叔不知道，还以为你是误闯呢。”

齐卿卿这才安心了些，抬眼仔细打量对方。

这个小姑娘应该没比她大多少，笑起来有两个很甜的酒窝，声音也脆生生的，一双又黑又亮的眼睛正波光流转地望着她。

齐卿卿被看得有些害羞：“没事儿……”

小姑娘仍是笑眯眯的：“你是温教授的妹妹吗？”

齐卿卿摇头，小姑娘做沉思状：“也是，只听说过温教授有个弟弟，才十来岁，不过……”

这时温行止穿着白色实验服风风火火地出现，手里还抱着一沓文件夹，右手上的一次性乳胶手套都没来得及摘下。他径直走到前台，看到坐在柜台后面瘪着嘴垂着脑袋的齐卿卿，他紧皱着的眉头才终于松开。

“把这些文件送到 C2 栋 B507 的黄副教授那儿。”他淡淡地把文件交给前台小姑娘，余光扫到齐卿卿瘪着嘴一脸委屈地看过来，湿漉漉的黑眸亮晶晶的，他没忍住“扑哧”一声笑出来。

齐卿卿更委屈了，仰着脑袋望着他：“你笑什么？”

“笑背着大提琴琴盒的小女孩，会被当成携带大型不知名器械进入研究所大厦的危险分子。”

“你又没告诉我不能背琴来……”

“你也没告诉我，你来和男朋友吃饭都会背着琴。”

温行止说这句话的时候，一旁的前台小姑娘还在讶异于这两人对视时温教授那种说不清道不明的温情。听到“男朋友”这三个字，她才终于反应过来——那个一进研究所就一直备受关注、无论男女老少都张罗着想给他介绍对象攀亲戚的禁欲系年轻教授，居然早就已经心有所属了！

温行止听到前台小姑娘倒抽凉气的声音，凉凉地看过去：“不去送文件吗？”

前台小姑娘迅速抱起文件说了声再见，便如离弦之箭一般蹿了出去，温行止扫了一眼她的背影：“这回总该都知道了。”

“知道什么？”

“拱掉白菜的，是一只背着大提琴琴盒的小猪。”

又说回琴盒的事了！

“我刚上完乐队排练课嘛！又急着想来见你……”

他忽然俯身凑近了一些，抿着嘴轻笑：“这么想我吗？”

“我们都三天没见面了……”

他眼睛里有了歉意，直起身来，说：“你再在这里等会儿，不要乱跑。”

齐卿卿下意识地起身跟着他走了一步：“你去哪儿？”

温行止刚要迈出去的脚步又收了回来：“我还有些琐碎事情没处理好，很快就回来。”看到小女孩瞬间泄气的眼神，又于心不忍，只得软着声音给她解释。

他随意指了一处实验室，问：“你觉得，那扇门后面有什么？”

齐卿卿顺着他手指的方向看了一眼那间挂有“合成室”门牌的实验室，脱口而出地答：“有试管？酒精灯？煮熟的土豆片和锌、铜电极？”

“……你参加过K大最优质的联合交换研学营，对实验室的认知还停留在中学阶段吗？”

“不是，我就认识这几样，去哪儿都是一样的。”

温行止简直哭笑不得：“那扇门后面存放着近百种试剂和各类合成仪器。之前有一位博士生进去时没戴防护眼镜，结果过氧乙酸不小心溅到眼睛里，眼睛肿到现在还不能睁开。”

齐卿卿没忍住用力地眨了几下眼睛。

“还有一个研究员，在里面拔开了一个很久没用的装置活塞，瞬间引发爆炸，被炸得满脸血肉模糊。”

齐卿卿气势全无地捂住脸颊：“你别故意吓我……”

“不吓你，你能知道乖吗？”

“我就在这儿等你还不行吗……”

话说完了，温行止却还没有要走的意思，站在原地好整以暇地看着齐卿卿，从嘴角到眉梢尽是柔和的笑意。她看得心猛地跳了一拍，退回到椅子上坐好：“你干吗这样看我……”

“觉得看你比看仪器高兴……”他脸上是温柔的笑痕，又补上一句，“得多。”

那之后齐卿卿就经常往研究所跑，借口是送粥送饭去提升温教授的加餐质量，实际上就是想能多看他几眼，顺便探究一下他的工作环境，也好随手劝退那些不定时出现的有非分之想的追求者。

只是可惜，她的活动范围一直非常局限，偶尔温行止回办公室，会允许她跟在后面稍微窥探几眼这个在外人看来充满神秘色彩的地方。除此之外，绝大多数时间她都像那些下了课来等爸爸妈妈下班的小孩儿一样，被暂时“寄存”在前台，有时还得跟前台小姑娘念念一起充当一下辅导小孩子们做作业的角色。

某天下午齐卿卿来等温行止下班，见他还在忙，就翻出刚上完的美学教材复习。趴在她旁边正写作业的一个小男孩忽然凑过来问她：“姐姐，你也来等爸爸下班吗？”

齐卿卿朝他笑着摇头，正要解释，念念突然一拍她，她一抬头，看见温行止进电梯的背影。

他忙得都没空分一个眼神过来呢。齐卿卿有些泄气地想着，念念却捂嘴笑起来：“哎呀，真是没想到温教授还能有那种眼神。看着你对小孩儿笑，他也跟着笑，那股子宠溺劲儿啊……”

“他看我了吗？”

“当然啊！你在的时候，温教授经过这块的频率简直成倍上涨。”

齐卿卿这才终于笑出来，低头又翻了几页书。旁边的小孩儿突然又靠过来，用肉乎乎的小手戳了戳齐卿卿的手背："姐姐，没关系的，温哥哥没时间，我陪着你。这样我们两个就都不孤单了。"

齐卿卿心都快化了，伸手摸摸小男孩的小脑袋："你认识温行止吗？"

小男孩点点头："哥哥是爸爸的朋友。爸爸之前还说，想把表姐介绍给温哥哥当女朋友呢。"

她心里一紧，问："那后来介绍了吗？"

"没有。爸爸又说表姐学历不够，配不上温哥哥。"

齐卿卿有些不知该作何反应，小男孩又问她："姐姐，你知道温哥哥的学校吗？"

她点点头。"哥哥的学校好考吗？"

齐卿卿略一思索："好考的，每年在世界范围内招收好几千名学生呢。"

一直在听的念念直接笑道："七十亿里挑几千个还好考啊？"

温行止的声音忽然响起："哪间大学不是七十亿里挑几千个？"

齐卿卿一个激灵差点站起来，抬头看见站在柜台外的温行止，清亮的眼睛、柔和的笑容，走路像猫一样没有声音。他向她招招手："结束了。走吧，小女孩。"

一旁的念念哑口无言地看着齐卿卿欢脱地起身与众人告别，半晌后才反应过来：别人是七十亿里挑几千个普通学生，温教授的学校那是七十亿里挑最优秀的那几千个学生啊！能一样吗？

从研究所里出来，齐卿卿闷头和温行止走了一会儿，才开口说：“感觉你在研究所特别受欢迎呀……”

他微微皱眉：“所里的男女比例是七比一，多数女性已经结婚了。”

“我没说女孩子，只是觉得你在这群理工男里也挺受欢迎的呀！不是还张罗着给你介绍对象吗？”

温行止抿嘴笑：“大概是我的出现阻挡了他们追求爱情的信念吧。”

“哈？”

“我刚来的时候，一群单身汉知道我也没有女朋友，都说什么‘甜甜的恋爱都还没有轮到温行止，怎么会轮得到我’？一度让各位已婚男士牵红线的业余爱好处于停滞状态，所以先解决我的恋爱问题成了当务之急。”

“那后来呢？”

“后来……”温行止看了一眼齐卿卿，嘴角含着满满的笑意，故意抬手露出手腕上的发圈，“我就自行解决了。”

等齐卿卿反应过来温行止说了什么，瞬间脑部充血，埋下头不好意思说话了。过了一会儿才听到他又说：“不过，我从事这样的工作，可能会有些委屈你。”

她不明所以地抬头问：“你做你的工作，怎么会委屈我？”

“因为会很忙。工作内容保密性很高，后半段还需要实地勘察，经常要出差——也就是说，我会渐渐地没有时间陪你，而你见不到我，却也不知道我在忙什么……”

齐卿卿颇认真地想了一会儿，脸上的绯红还没散去，衬得她的笑脸更加耀眼。她说：“没关系，即便能说，你告诉我了，我也不一定懂呀。我只希望你去做自己喜欢的事情就好，再说了，我其实很好哄的……”

“怎么好哄？”

“……”

齐卿卿最终还是没好意思说出心里那句话，实在太没骨气了，绝对不能让温行止知道她已经这样被捏在他指尖上，怎么也逃不掉了。她折中选了个答案，说：“带我吃肉就好啦！”

其实齐卿卿心里想的是，只要对我笑就好啦。只要你真切地站在我面前朝我温柔地笑，就像能带来一整个春天的繁花盛开。在春天，无论是什么事，我都愿意体谅你的呢。

（4）

十月中旬之后，忽然开始阴雨连绵。秋意随着雨滴无声地渗进空气里，蝉鸣声不知在哪个时刻就凋落了，连着夏天饱满的红和绿一起落进了时间隧道的缝隙里，了无踪迹。在从医院回学校的公交车上，齐卿卿头靠着车窗玻璃，眼睛走马观花地看着街景。

又一站。手机闷闷地振动，她翻开包里的各色药盒从最底下掏出手机，看到屏幕上显示着“妈妈”两个字。

她闷闷地接通。

“齐卿，今天复诊了吗？”

“嗯。”

“还是去的 K 大第一附属医院吧？”

“嗯。”

“肖医生怎么说？”

“一样。”

妈妈似乎早就猜到这个结果，照例开始嘱咐：“那你记得听医生的话啊，要按时吃药……”唠唠叨叨了一大堆，每句话都和上次复诊时说的相差无几，齐卿卿沉默地听着，好不容易熬到快要挂电话，妈妈又突然来了一句：“见到之栩了吗？”

齐卿卿心里一沉，反问道：“平白无故见他干什么？”

“他还没找你吗？他最近放假回国了，说……”

“他怎么样，都和我没有关系了。”

妈妈被这句话呛住，沉默了一阵，再开口时仍然是那副理智到无情的做派，她说：“齐卿，我再跟你说最后一次，事到如今，你没有必要更没有立场去恨之栩，这是你的命……”

“我的什么命？十五岁的时候，你告诉我，开巡演、上茱莉亚、成为世界知名的大提琴演奏家就是我的命，你现在又想说什么是我的命？难不成到了现在，我连是不是要讨厌一个人都不能自己决定了吗？”

“妈妈从来没有说你现在没有做大提琴演奏家的命。齐卿，你听妈妈的话，妈妈不会害你的……”

“从小到大我都是听你的，听到现在，我真的听够了。”

齐卿卿平静地说完最后一句，便决绝地挂断了电话。公交车正好到了 K 大南门站，她整理好随身物品下车。其他路人皆撑开伞急急地跑走了，她无处可去，怔在原地回想着刚才妈妈的话。

程之栩……

在一片朦胧的雨雾里，她看见公交车站台对面的花坛前摆着一个湿透了的纸箱，里面有一只湿漉漉的小猫被困在那里，艰难地从纸箱里探出头来。

现在是午休时间，南门又远离繁华地段，路过的行人稀少，这只猫看样子已经在雨里被淋了很久。齐卿卿赶忙撑伞走过去遮住小猫。蹲下时她闻到一股浓重的腥臭气味，看到已经完全洇湿的纸箱和脏得已经分辨不出毛色的猫咪。她知道它在悲伤地叫，但响在她耳里的是一阵模糊的音节，无论她靠得多近都听不清晰。

她忽然就觉得非常难过，仿佛自己也是一只同样被丢在雨里哀嚎着的猫。

温行止就在这时打来电话，她接通时努力想让自己的语气听上去轻松些，无奈的是她一开口就因为沉重的鼻音暴露。刚结束一个重要会议准备吃午餐的温行止立马觉察出不对劲，却跳过缘由不究，直接问："你在哪儿？不要乱跑，我去找你。"

齐卿卿拼命忍住眼泪："你不要来，雨很大。"

"就是因为雨大……"她听见电话那头打开门急急奔跑的声音，"才不能放心让你一个人。"

然后是刷 ID 卡过门卡的声音、撑开伞的声音、车辆启动的声音，像是光和空气都从他那一头透进来，她透过温行止的声音听到整个世界的呼唤，万物终于鲜活起来。

“可我……一直都是一个人啊。”

“但是现在我在啊，不是吗？”他的声音因为奔跑有些颤动，但依旧笃定且充满力量，“小女孩，现在你不一样了。”

哪怕从前你如何习惯了自己长大，如何习惯了孤军奋战，现在都不一样了。

齐卿卿和那只被遗弃的猫一起蹲在雨里。不知道过了多久，齐卿卿视线里忽然出现一双皮鞋，一抬眼便看见气喘吁吁的温行止。他撑着一把黑色的伞，西装革履地站在雨里，头发因为奔跑微微凌乱，齐卿卿看到他利落的下巴弧线，漂亮极了。

温行止伸出手来，齐卿卿仍然不敢去够。她望着默不作声的温行止，被他那种温情的眼神弄得实在非常想哭。静默五秒，她把伞放到地上护住小猫，站起身一头扎进温行止怀中。他用右手环住她，下巴轻轻地磕在她头顶上，如释重负般舒了口气。

“冷不冷？”

她摇头。

“谁欺负你了？”

她还是摇头。

“那发生了什么？”

“我就是觉得小猫太可怜了……”她还是选择避重就轻，“小动物太弱小了，不管做什么都逃不过被丢掉的命运。”

温行止看了一眼放在地上的那把伞，心疼地摸摸齐卿卿的后脑勺：“傻瓜……你怎么知道，它被丢掉是命运的结果？”

“什么？”

“我是说……也许逆向推理一下，这样的境况恰巧是另一个转折点——因为它要遇见你。”

齐卿卿怔了怔，随即更加泄气了：“遇见我有什么用？”寝室不允许养宠物，按照她目前的经济状况来说，也不可能给这只猫咪非常好的生活条件。

“我说了，你现在不一样了。”他揉揉她的脑袋，“我来照顾你，还有那些你在乎的事物。这样还难不难过？”

齐卿卿从温行止怀里抬起脑袋：“真的？你会不会觉得我特别幼稚矫情啊？”

他站在黑色的伞下，却浑身是光。

“真的。在我这里，你不需要长大。”

(5)

两人一起把猫咪送到宠物医院去，经过一番洗浴护理之后，工作人员再把它抱出来时，齐卿卿终于看清了这只猫的真面目——毛发因为刚洗过澡很是蓬松，整体都是纯净的白色，仅有背上有一团巴掌大的橘色绒毛，病态之中显得极瘦。它一双眼睛是和背上的橘色绒毛相近的颜色，此刻正哀伤地耷拉着脑袋。

“是女孩子呢，右后腿残疾了，行走可能不大方便。一般小猫断了腿，能活下来已经是奇迹了，至于会不会有其他病症，还得做过全身检查才知道。”工作人员细声地说着，怀里的猫病恹恹的，齐卿卿伸手去摸它，它像没有感觉一般不作任何反抗。

“要不要给它起个名字？”齐卿卿问身侧正深深地望着猫咪的温行止。

温行止抬手想摸它，但又怕激起它反抗，右手自然而然地往回一收，落到了齐卿卿脑袋上。他低声道：“它背上那一圈绒毛，好像一团傍晚时分的落日。”

他的大手覆在她头顶，动作轻轻柔柔的，让齐卿卿错觉自己也像是一只小动物。她领会了他话里的意思：“那，就叫‘落日’吗？”

他微微侧过脸对她笑：“嗯。”

在等猫咪做全身检查时，齐卿卿和温行止站在门外，隔着玻璃窗望着它。齐卿卿忽然有些担心，抬头问他：“你想好了吗？”

“想什么？”

“养宠物是一个很重大的责任啊，是要对这条生命负全责的。琐碎事情很多，一件一件堆起来，很容易把人击垮的。”

“我一个人可能不行。”他承认得干脆，眼睛看着齐卿卿，微笑道，“但是我有你啊。我照顾你，你照顾它。有什么琐碎事情，我们可以一起面对。”

齐卿卿听得心里一软，眼睛骨碌碌转两圈，跟着他笑起来：“齐落日，一听就会是有出息的孩子。”

“为什么姓齐？”

“因为是我捡到的呀。”

他学着她的语气：“但是我收养的呀。”

“我没有捡到你怎么收养？”

“我不收养你捡到了有什么用？”

齐卿卿气结，温行止又悠悠然地笑着补上一句：“再说，如果是在古代，你也应该姓温。”

“为什么？”

他淡定地扫了齐卿卿一眼，说出简简单单的三个字：“随夫姓。”

输了！

齐卿卿迅速捂住红透了的脸，温行止的笑意怎么忍都忍不住。最后在齐卿卿连连败退又不依不饶之下，两人决定各自退一步，猫咪有了个非常华丽的全名叫——温齐落日。

落日的全身检查报告很快出来了，除了右后腿残疾和淋雨后稍微有些感冒之外，没有什么大碍。

雨势明显小了，温行止下午还有工作，便打算让落日先在医院休息，先送齐卿卿回寝室休息。

秋雨过后天空依然暗沉，路面刚被洗过，即便是平整的水泥路上也到处都积着水。齐卿卿跟在温行止身后走着，小短腿努力地想跳过小水坑时没能站稳，慌乱之中伸手一捞，紧紧抓住了温行止的手臂。

他略带紧张地扶住她，顺势把她的手固定在臂中，两个人在初秋微凉的风里对视，却在彼此眼里看出属于另一个季节的暖意。

就在这个一切都在酝酿着的节骨眼上，齐卿卿正被温行止那双异常漂亮的眼睛看得找不着北儿的关键时刻——她的手机忽然响了。

煞风景的和弦不识趣地奏响，齐卿卿摸出手机，屏幕上是没有被存进通讯录的陌生号码，号码下显示着来电归属地：美国，纽约。

对齐卿卿来说，这串数字虽称不上烂熟于心，但也绝不是陌生的来电了。

她蓦地想起妈妈在电话里说的话，一股不安的预感袭上心头，这会子尤其不想接这个电话。

温行止看到屏幕上的号码，又看见齐卿卿的神色明显一变，心里已经猜到了事情不简单。眼看着手机已经响了许久，温行止出声提醒她：“不接吗？”

齐卿卿慌乱地把手缩回来，他臂弯一空，不悦地皱眉。她忙不迭地按下静音键，解释道：“不用接，是骚扰电话。”

他没有说话，只深深地看着她。

虽然他神色温润，看不出半点异常，但直觉叫嚣着告诉齐卿卿——他心里想的肯定比显露出来的多上百倍。

手机铃声最终停了，歇息了几秒后又再次响起，齐卿卿像摸烫手山芋一般把手机摸出来想挂断，温行止忽然开口说：“看样子不接是不打算停下来了。要不要我帮你？”

“不用不用，不管他就好了。”

“既然是骚扰电话，让我来处理也未尝不可。”

齐卿卿一时不知该怎么回答，看着温行止不动声色的表情，突然就觉得一切都不那么重要了。她大可躲在他身后，真的当一个什么都不去想的小女孩就好了。

于是她脑子里一空，把手机递了过去。温行止镇定地接起电话，声音不自觉地比平时更冷了几分："您好，哪位？"

电话那头的人显然没想到接电话的会是个男人，愣了愣，问："这不是齐卿卿的电话吗？"

是个年轻男人，声音薄而清透，尾音上扬，大概和齐卿卿年纪相仿，但语气里透出一股子和常人不同的自信。

一般这样说话的人，要么就是见识短浅的盲目自恋狂，要么就是年少有为、不识愁滋味的富家少年。纵观齐卿卿的交友圈，自恋狂能和她相熟的可能性不大，而富家少年——一切都非常明显地指向一个具体但神秘的人物。

温行止脸不红心不跳地胡诌："她在休息。你哪位？"

电话那头又沉默了一下，像是没听到温行止的问话一般，用一种傲视他人的命令口吻说："那等她醒了之后，让她给我回个电话。"

这种毫不客气的狂妄让温行止忍不住皱眉，他看了一旁一直竖起耳朵在听的齐卿卿，她听到这句话也一脸惶恐地一个劲儿摇头。

齐卿卿的反应让温行止心安了些，漠然答道："她不会给你回电话的。"

那头的人更加无所谓了："行，那等她醒了，我再给她打过去。"说完干净利落地挂断。

温行止把手机还给齐卿卿，表情很冷，眼睛里交织了许多复杂的情绪。

齐卿卿实在看不懂他这个表情，便直接开口问："怎么了？"

"我在讶异，骚扰电话居然也能这么不要脸。"

"……"齐卿卿因为心虚一秒钟便憋红了脸，飞速地埋下头去。

温行止拉着齐卿卿往前走，齐卿卿正纠结着自己要不要坦白从宽，又听见温行止一句轻飘飘的话："如果我没记错的话，他是叫程之栩？那个和你一起演出，非常擅长弹钢琴的男孩儿。"

她瞬间怔住了："你怎么知道？"

"根据他说话的语气，还有对你交际情况的基本了解可以大致推断出。"

温行止还说他不擅长交际，现在看来根本就是不屑于交际好吗？这么敏锐的观察力和推断力要是放到交际场上去，他不得练成个人精啊？！

慨叹完，她也只能老老实实地承认："嗯……"

"程之栩也在美国？"

“嗯。他在纽约上大学。”

“The Juilliard School（茱莉亚音乐学院）？”

齐卿卿再次震惊：“你怎么又知道？”这人简直有当神探的天赋啊，只是在电话里和对方说了两句简简单单的话，就从名字到学校全部一猜一个准地摸了个透。

“以你们在那张CD里展现出的资质来看，出国深造，又在纽约，非茱莉亚音乐学院莫属。”

茱莉亚音乐学院是全世界最顶尖的专业音乐学院，被誉为“音乐界的哈佛”。齐卿卿爽朗一笑：“哈哈哈，他确实很适合茱莉亚。”

这句避实就虚的回答在温行止听来显然有打太极的意味，他抓住重点想要把话题往他想要听的方向引：“在我看来，以你从前的天赋，也应该去读茱莉亚。”

所以，究竟是什么变故成了转折点，让两个原本不分伯仲的天才少年走上完全不同的道路？

“在你眼里我这么厉害啊？”齐卿卿权当受了夸奖，弯着眼睛朝他笑起来，“我以前倒是有个梦想，希望能成为马友友那样伟大的大提琴家。马友友也算茱莉亚的知名校友了啊！”

温行止点点头，她继续自顾自地说下去，像是想遮盖什么：“不过也不能说只是我的梦想吧，这是我全家人的梦想。所以，我妈妈才给我取了个名字叫齐卿卿啊，是ABB式的名字，和马友友一样，哈哈哈哈……”

“但是，大家都更习惯叫你齐卿。”

“是啊。”她的眼睛弯成月牙的形状，眼神清清亮亮的，是那种涉世未深、从未见过险恶的天真烂漫。她用一种像是不曾受过半点伤害的语气说出一句满是伤痕的话来，“因为，我不可能成为马友友了呀。”

Chapter 06

the Galaxy and his cat

"只需要相信你就好了。"

（1）

在往回走的路上，又淅淅沥沥地下起了小雨。齐卿卿担心淋湿温行止的西装，拒绝了他一起撑伞的提议，两个人分开走着，距离不远不近，却一路无话。齐卿卿听着雨滴砸在伞上发出的沉闷声响，隐隐感觉到温行止的气压越来越低，心里的不安感也越来越强烈。她试图向温行止示好，伸手去拉他的衣角："教授……"

他说："当心淋湿了。好好走路。"

这是将近十分钟的漫长路程里，两人唯一的对话。

回到齐卿卿寝室楼下时已经是下午三点多，齐卿卿跑进楼里收好伞，回头看站在雨里的温行止。他瞥了一眼四点钟方向的一辆过于显眼的宾利慕尚，朝齐卿卿点了点头。

齐卿卿想了想，说："路上小心。我五点得去乐团排练，结束了我再去研究所找你。"

他点点头问："还有吗？"他始终在等着她主动开口说那个故事。

两个人隔着雨幕和一扇半开的玻璃门，齐卿卿不知道还能说什么，只得摇摇头。温行止眼神中有一闪而过的失望，听见身侧传来脆生生的一声呼唤："首席！"

他循声望去，一个穿着白衬衫黑西裤的高瘦男孩儿正站在刚才那辆宾利慕尚旁边，撑着伞一脸惊喜地冲齐卿卿挥手。温行止暗暗觉得这人眼熟，又扫了一眼齐卿卿脸上诧异的神色，猛地想起来了——就是刚才电话里那位刚愎自用的人物，程之栩。

这么快就找上门来了？

看着一身贵气的少年撒欢儿一般跑过来，站到齐卿卿面前时像想讨人欢心的小狗一样笑出一排小白牙："首席，我们好久不见了。"

齐卿卿没打算和程之栩寒暄，警惕地往后退了一步，直奔主题："你来干什么？"

他还是龇着牙笑："嘿嘿，你还是和以前一样。我来当然是找你呀。我请你吃饭好不好？”

“不好。”

程之栩惯会说漂亮话，明明是头野性难驯的恶狼，吃准了齐卿卿心软面子薄，装成奶乎乎的小狼狗继续撒娇：“你别那么冷漠呀，首席，免费的午餐你不要，免费的下午茶你也不喝啊？”

“我待会儿还有事要忙。”

“晚饭也行呀。”

“晚饭约了人了。”

“约了谁？”

“约了我。”一直如旁观者一般站在三米开外的温行止终于发话了，他的声音不自觉地压低，一双漂亮的眼睛锐利地盯过来。

程之栩这才回过头去看温行止，只一眼就怔住了——来者比他还高出大半个头，浓眉深目，虽清瘦却显出一种极温厚的斯文感，属于那种气质还要胜过样貌的英俊。

程之栩明白了八九分，勾勾嘴角，权当温行止是空气，话锋还是对准齐卿卿：“好哇，齐卿卿，你约了年轻的帅哥吃饭，就把我这个青梅竹马的‘前男友’给抛到脑后了？”

他说话时还故意把“前男友”三个字咬出重音，齐卿卿明显看到温行止的神情猛地一僵。她转头怒瞪程之栩，毫不客气地怼他：

“程之栩，会不会好好说话？什么前男友啊，你皮痒是不是？”

得逞的程之栩勾起嘴角坏笑，手插进西裤口袋里站在原地看戏。

齐卿卿抬眼看到温行止快要结冰的表情，心都快跳出来了，不顾雨势跑到温行止伞下，着急地抓住他的西装下摆：“不是这样的，教授……”

“没事。”温行止终于有了动作，反手握住齐卿卿的手腕，将她带回能够挡雨的地带。他仍然是那个面容温和毫不张扬的温行止，但她看到他眼睛里的光芒寸寸闪烁，“我相信你。”

齐卿卿怔住,脱口而出只有一句:“程之栩真的不是我前男友。”

“怎么不是啊？”程之栩眯着眼睛装大尾巴狼，语气浮夸地把八卦媒体为了博眼球写的肉麻报道复述出来，“任你去问哪个知道我和你的人，谁不说我和你年少相爱，前十七年的人生，除了音乐就只剩彼此啊？”

齐卿卿听后气得涨红了脸，她从前向来不把所谓的媒体报道放在眼里，现如今被人拿出来断章取义地当成事实来描述，却不知应该从哪里开始反驳，只得咬着牙恨恨地呛他一句：“程之栩，你有病啊？”

程之栩像个故意惹喜欢的女生生气的小男孩，得到了回应比得到其他任何人的夸奖还要高兴，继续嘴欠地气她："这么多年了，你生气骂人怎么还是'你有病'这句三字经啊？"说完话锋一转，看向一直波澜不惊的温行止，"教授，你没教她点新词汇吗？"

温行止仍然镇定自若地撑着伞，连余光都没有扫过去，淡淡道："既能提醒你审视一下自己的神经问题，又能表达出恰到好处的人文关怀，我觉得这三个字没什么不好的。"

差点儿忘了，温教授只是看起来人畜无害，要真比起毒舌来，谁是诸葛谁是王朗还说不定呢。

面不改色地回敬完程之栩，温行止松开握住齐卿卿的手，说："我先回所里了，你好好休息，今晚见。"

被怼得哑口无言的程之栩不甘心就这样战败，连忙叫住温行止："喂，你就这么放心地把齐卿卿丢给我啊？"

温行止仍然没有看程之栩，明明是在回答他，却又像是只对齐卿卿说话："我从来不是盯着过去不放的可怜人，我相信你也不是。我们都站在彼此的现在。"

所以，我一直在说服自己不必在意已经成为过去式的前曲，只需要相信你就好了。

言毕，他转过身沉默地离去。

一直以来，温行止都自认是个没什么欲求的人。很少对什么动心，很少对什么产生占有欲，更别说会因为那些他无法参与的过去而产生不愉快的情绪了。但如今面对这个小女孩，他怎么变得那么不像自己，怎么会在意到想要占满她的全世界呢？

（2）

温行止走后，齐卿卿站在原地呆呆地看着他的背影。

程之栩抱臂笑道：“别的姑且不论，这么久没见，你看男人的眼光倒是增长了不少。”

齐卿卿可没心情和程之栩聊怎么看男人的事，白了他一眼：“有话快说。”

“别这么冷漠嘛。我和你认识十几年，最后只能落得这么一个我请你吃个饭都要三番五次地来求你的下场吗？”

齐卿卿不吃这一套：“你早应该知道，我们之间没法再用过去的情谊来衡量了。”

“凭什么？我说过我不同意。”

“我不在乎你同不同意，我也不在乎你境况如何、找我有什么事，我们已经不是同一个世界的人了，没什么可聊的。”

程之栩笑道：“你跟那个教授就是同一个世界的人？他看起来也就二十出头吧，这么年轻就评得上教授，跟你所认为的自己，又怎么是同一个世界的人？”

齐卿卿又狠狠地瞪他：“不要用你那套肤浅的价值观来度量他。”

“那你又凭什么用你那肤浅的价值观来度量我？”

“你好烦！”

“总之，跟我吃个饭，我们聊聊。”

“我说了我有事！”

“那就明天。”

“我明天不饿。”

冷冷地丢下这一句，齐卿卿抓起自己的伞就往寝室里跑。

程之栩想追过去，无奈被早就注意他们的宿管阿姨那极其防备的眼神逼退，只得不顾形象地扯开嗓子朝齐卿卿的背影吼：“我就在门口等你！”

齐卿卿装作没听见，加快了脚步拐个弯进了电梯。她知道程之栩是个没多少耐心的人，临近该出发去排练的时间点了，她也故意磨磨蹭蹭了很久才下楼。程之栩果然不在了，但那辆宾利还停在那里。她背着琴假装无关路人一般路过时还特意瞥了一眼车内，后座上没有程之栩的身影，司机还在，而副驾驶座上……

齐卿卿怔住了，副驾驶座上的，竟然是程之栩的妈妈。

车窗就在此刻降下，程妈妈那张精致高贵的脸上挂着令人捉摸不透的微笑：“上车吧，卿卿。要去哪儿？阿姨送你，咱们路上谈谈。”

谈不拢就变换砝码软硬兼施，这也算程之栩的惯用手法了。

齐卿卿无奈，只好上车。

宾利徐徐驶出学生公寓区，齐卿卿硬着声音道：“去市音乐厅，谢谢。”

程妈妈有些讶异：“你答应了？”

“答应什么？”

“和小栩同台的事啊。”

齐卿卿有些摸不着头脑：“什么同台？”

程妈妈明白过来了，轻笑一声：“小栩这不是放假了吗？回国办演奏会呢，演出许可刚批下来了，演出地点就定在市音乐厅。”

齐卿卿冷静地听着，定定地望着后视镜里程妈妈的脸，利落的轮廓和脑海里自己妈妈的脸几乎可以完美重合。真像啊，这两个人。

最后，齐卿卿淡淡地吐出两个字：“恭喜。”

“卿卿，你怪小栩吗？”

“叫我齐卿就可以了。”

“齐卿卿不好听吗？虽说当初你妈妈没想到生下来的会是个女儿，但也是想了很久才决定给你起这个名字的呢。”

“当然没有之栩好听，女孩儿也没有男孩儿来得宝贝。对吧，阿姨？”

这么多年来程妈妈一直以程之栩为傲，明里暗里地取笑齐妈妈只有一个女儿这件事不知道多少次。齐卿卿这句夹枪带棒的话让程妈妈像被噎住一般沉默了，在商场摸爬这么多年，倒还是第一次被一个二十出头的黄毛丫头轻易扣中了命门。再开口时，程妈妈已经换了个话题：“小栩这些年一直生活在对你的愧疚里，一直说，如果要回国发展，一定要和卿……和你一起。”

“转告他我不需要。”

“真的不需要吗？现在摆在你面前的，可是重回大众视野，继续当人人仰慕的天才大提琴家的机会。”

程妈妈和程之栩如出一辙的会说漂亮话。齐卿卿在心里冷笑，他们总是喜欢把已经尘埃落定的旧事翻出来，然后把一切都弄得那么别扭。

“阿姨，我需要的从来都不是一次上台演奏的机会，而是一双能够像以前一样精准到不需要通过基准音就能分辨音高的耳朵。这你能给我吗？程之栩能给我吗？”

程妈妈突然就生气了："说到底，你就是怪我们家小栩！"

"怪不怪由我来决定，而不是要你们老是上赶着来逼我承认我不怪他。"

程妈妈急了："你这孩子，谁逼你了？"

"不逼我，就不用变着花样来劝我。"

"你真是，难怪你妈妈说你死脑筋！"

"我反而觉得，阿姨你跟我妈一样只看着自己，总是不考虑别人的感受呢。"

"你……"程妈妈气得红了脸。

车内的气氛骤然升温，司机赶紧踩油门赶完剩下一段路，很快到达了市音乐厅门口。

齐卿卿道谢下车，头也不回地进门。她推开排练厅大门时，指挥和各位乐手已经差不多到齐，齐卿卿坐到了自己的位置上，摆好琴和谱架，准备调音。

在交响乐团正式演出时，往往会先见到首席非常优雅地起身示意各位乐手调音，整个过程简捷而高级。但事实上，排练场的调音时间比演出时多出无数倍，尤其是弦乐声部，通常是要一个一个来调，直到指挥那双对音准的偏差零容忍的耳朵觉得满意为止。

齐卿卿的耳朵不如指挥灵敏，因此在调音环节所需要的时间总归是长些。好在大家也都半斤八两，通常都是互相包容着，趁别人调音的时间玩把游戏看个剧之类的，倒也乐得偷闲。但唯独今天齐卿卿一直出错，指挥顶着一脑袋凌乱不羁的长发气得白眼一翻，头一次对着团里这位最年轻的乐手开喷："停停停，你这音都跑到莫斯科郊外去了，奏起来跟腿瘸了一样啊！"

大家照常把指挥骂人的话当段子听，适时地乐出一片哈哈声来。唯独齐卿卿的嘴角重得怎么都拉不动，她慌忙地低头再次尝试着把琴弦往上拧紧，好调出指挥想要的那个高音。不料她手指一用力，本就磨细了的 A 弦发出一声沉闷的声响，绷断了。

排练厅里一片哗然。

"我可能是活糊涂了，差点忘了琴弦还会被调断。"指挥煞是恼火地捋捋头发，朝齐卿卿挥挥手，"你先去把琴弦换了。中提琴，该你了！"

齐卿卿抱着琴从台上退下来，走到门口旁存放琴盒的地方去翻她随身带的新弦。给大提琴换弦倒是不复杂，只讲究一个细致。她收拾好裙摆坐到地上开始动手。当新弦刚穿过轴孔时，突然有个身影出现挡住了一部分光线，她皱眉抬头，看见程之栩那张满是少年稚气的脸。

"又拉断弦了？换归换，可不许哭鼻子啊。"

齐卿卿蓦地想起什么，鼻腔一酸，眼泪差点掉下来。这个时刻要是真哭出来了，往后可就解释不清了，她赶紧低下头把眼泪逼回去。

她早就不是那个因断了弦或者拉错音就要哭哭啼啼半小时的小女孩了。

程之栩轻叹了一口气蹲下，伸手想来拿她手上的弦："我帮你。"

"不用。"

"你装弦没我装得直。"

"我才是大提琴手。"

"我知道。可以前都是我帮你装的呀。"

以前？他说的是哪个以前？是七岁以前，妈妈把她交到大提琴老师手里，强硬地要求她保持每天五个小时以上的练琴时间；还是七岁以后，她抱着琴从那个小房间里出来，余下的时光里，拉琴时除了大提琴、乐谱和老师之外，她侧眼能看见的只有程之栩坐在钢琴前的身影。

他们都是无法选择的小孩儿。

从出生开始就背负着不一般的期望，按照大人们规划好的路线不断前行，没有放弃或者回头的理由。

他们曾经相依为命地走过那些没有光的日子。

乐团总指导不知什么时候出现，一张满是皱纹的脸谄媚地笑着，把蹲在地上的程之栩扶了起来。在总指导招呼着其他乐手来认识程之栩的时候，齐卿卿向门外看去，见到程妈妈和程之栩的经纪人也在后面。生怕直接撞见又要应付，她连忙起身抱着琴往后退了退。

程之栩虽是在茱莉亚留学，但也一直活跃在国内各种钢琴盛事中，名气自然水涨船高。一大群人和程之栩熟络地寒暄着，程之栩向来懂得人情世故，没聊几句就表示要做东请大家喝下午茶。经纪人拿着手机上前来，大家在一片和谐之中点完单。程之栩转过身对总指导说："关于演出节目的安排，我想先和齐卿卿谈谈。"

演奏会的人员安排本来应该是由程之栩方自行负责，如果想和乐团合作，又要耗费一笔不菲的费用。他原本就决定举行独奏会，又何必如此费劲。

"可以可以。"总指挥笑出一脸的皱纹，转过脸来指挥齐卿卿，"你和程先生去楼上会议室聊聊，我没关门，去吧去吧。"

私事成了公事，为了不丢掉饭碗，她就只能乖乖听命。齐卿卿无奈地装好琴，和程之栩一前一后地走出排练厅。她在匆忙中没有带上手机，自然就错过了几分钟后温行止那一条"下班了，我去接你”的消息。

(3)

温行止来到市音乐厅的排练厅门口时，还没收到齐卿卿的回复。他想到她中午可能因为淋湿受了寒，便在音乐厅对面的饮品店里给她买了一杯热姜茶。他再回到大门口时，看见几个女孩子正在拿外卖，很是眼熟，大概是从前见过的，也有几个在齐卿卿朋友圈发过的合照里露过脸。

于是他难得主动地上前打招呼。有个扎着长马尾的姑娘笑着说：“又来找齐卿吗？热恋期就是腻歪啊。”

其余几个姑娘瞬间八卦起来，你推我搡地好一番窃窃私语。有个面相不善的姑娘先接茬儿：“那可不是时候啊。”

温行止微微皱眉，长马尾女生瞪了那姑娘一眼，解释道：“卿卿大概还在忙呢，要不要进去等她？一起吧。”

温行止自然没有拒绝，帮忙提了最重的几袋外卖，一路和几个矮他一个半脑袋的姑娘走进去，听着她们叽叽喳喳地夸他“长得高”“眼睛漂亮”“笑得好看”，最后被一个咋咋呼呼的姑娘一锤定音：“我知道了，你长得特别像程之栩啊！原来齐卿喜欢的都是同一款啊！”

温行止听完后眼神不自觉地冷了一个度，脸上温温和和的笑容却没变，随口反问："是吗？"

那姑娘果然顺着他的意继续说了下去："是啊！看起来都是斯斯文文的，五官周正，笑容干净，对人也温柔。"

其他姑娘抬头仔细打量了他一番，连长马尾女生最后都跟着小声附和："这么一说还真有这种感觉……"

温行止还是笑着，像是在应付夸奖："谢谢。"

长马尾女生忽然觉得不对劲，连忙挽回局面："但……程之栩毕竟只是前男友嘛！"

温行止微微挑眉："程之栩是前男友的事，你们也知道？"

另一个姑娘抢答："知道呀。那时候他们那么有名，可是年少有为的一双璧人，连媒体都称他们是'巅峰时期的杜普蕾和巴伦勃依姆'……"

"虽然有点夸张，但也不能说没有事实依据噢……"

"据说他们是一起学琴的，每天都一起在琴房里待着，相看两不厌哎。"

长马尾女生白眼一翻："别扯了行吗？我有时候看见我的长笛都烦，别说臭男人了。"

……

温行止不想听了。他知道她曾经是杜普蕾，却忽略了杜普蕾之所以辉煌，也因为关键的人生时刻里有巴伦勃依姆的衬托和陪伴。齐卿卿和程之栩就像同一道光束里的两个光子，即便偶然被拆散，即使分列宇宙遥远的两端，也仍然会呈现出极高的关联性来。因为它们从本质上来说就是一体的，从未分离。

“哎，这件事你知道吧？齐卿的男朋友？”

突然被询问，温行止甚至不想弄清楚她们说的究竟是什么事，直接微笑地回答：“不知道呢。”

他必须承认，他对齐卿卿和程之栩之间的事一无所知。他花了好大力气让她来感知自己，花了好大力气让她来依靠自己，即使现在看来还没有那么成功，但他只想相信她亲口告诉他的真相。

更何况，世事本就像多面晶体，每个人见到的那一面都有可能是不同的颜色。

帮忙把外卖提到了排练厅，温行止一眼就在众多杂物之中认出了齐卿卿的琴盒。他走过去看见手机和充电宝都随意地扔在琴盒周围，琴弦也还没装好，他心里隐隐觉得不安，询问了她的去处之后就往楼上去了。

这不是温行止第一次来这里，但总觉得一切都很陌生。刚拐过楼梯口便看见两个熟悉的身影，他们逆着光站在走廊上交谈。程之栩伸手把玩齐卿卿的头发，被她嫌幼稚抬手拍开。

温行止突然就想起刚才那群姑娘用的形容词：一对璧人。

他转身回了排练厅，把温热的姜茶放到齐卿卿的琴盒上，拜托长马尾姑娘让她回来之后尽快喝。长马尾女生笑道："真是贴心至极的五好男友啊。"

"劳烦你多照顾她了。"

"哪里，齐卿十八岁就进团，一直都是咱们的团宠呢。"

是啊，她总归是去哪里都招人喜欢的小太阳。温行止笑了笑，告辞离开了。

刚坐上去宠物医院的地铁就接到齐卿卿的电话，那头的人是慌乱失措的语气，问："教授，你回去了吗？"

"嗯。"

"我刚才……"

他打断道："姜茶喝了吗？"

"还没有……"齐卿卿顿了一下，"那我现在喝，喝完了，我去找你。"

"不用。"

"那落日……"

“我来处理就好。”

“我们不一起吗？”

他怔了怔，半晌后缓缓合上眼睛，答：“先不一起吧。”

多少年没这种感觉了，她大脑里乱糟糟的，有股无名火，像是核心 CPU 供电不足，运算数据都因此变得极其缓慢。她总是这样令他方寸大乱。

电话那头是诡异的沉默，他完全不知道齐卿卿刚才把他的话听成了分手预告，完全不知道她握着手机站在那头直接红了眼睛。他只听到齐卿卿强装出来的冷淡声音，说了一句：“你工作太累了，有什么话等想清楚了再说吧。”

“我现在很清醒，你——”

生怕温行止下一句就是分手，齐卿卿急忙打断他说再见，一秒都没有停顿地把电话挂了。

Chapter 07

the Galaxy and his cat

“温柔是因为喜欢。”

(1)

A 市的秋天总是格外分明，空气变得更加干燥清冷，植物都以肉眼可见的速度枯黄，缀着大片的金叶银杏一起铺就整座城市的明艳。那通电话之后，齐卿卿有意疏远温行止，两人之间的互动骤然降为在微信上仅有的早晚和三餐的问候，聊天氛围也清冷得就像只是普通朋友。

温行止深夜结束工作回到家，打开家门的那一刻，意料之中地闻到一阵养宠物特有的异味，一开灯果然见到一片狼藉。

落日的性格很好，肉垫粉粉的，不爱说话，至今没对人伸过爪子。但令人头疼的是，它至今没学会去阳台的猫砂盘里自己刨坑上厕所，憋得急了就到处翻挠，折腾到最后还是落得一个随地解决的下场。

温行止虽然已经疲倦至极，但也仍然耐着性子收拾起来。打扫、拖地、加猫粮、换水，他发觉唯独阳台上的猫砂盘仍然完好无损。他趁着落日懒洋洋地蜷缩在沙发底下时，再次教育它要懂得去阳台的猫砂盆内解决内急，获得近似白眼的回应一个。

温行止气得笑了，伸手狠狠揉它的脑袋，它也不反抗，乖得就像齐卿卿偶尔冒出几个离奇想法被他否定之后，吃瘪地任他欺负。

要是她在就好了。

这样想着，他便点开微信对话框，看到早前发过去的“刚下班”还没有收到回复。他忽然有点搞不明白在生气的究竟是齐卿卿还是自己，也弄不明白究竟要怎么做才能教她来哄哄自己，一时间不知所措，只能再伸手撸撸猫。

“究竟要怎么样教，你才能学会去找猫砂盆？嗯？”

落日不理他，舔舔爪子，翻个身继续睡大觉去了。

而齐卿卿这头正看着书呢，一直到睡觉前才给温行止回了一句晚安。

翌日早晨有课，煎蛋把刚捞起来的水煮蛋装好塞给齐卿卿。齐卿卿接过，顺手合上手里的教材，嘴里念念有词：“格雷高利圣咏，形成于公元6世纪末，是罗马教皇格雷高利一世为了规范各地区的音乐礼仪形式而编写的宗教歌曲集……”

煎蛋感慨：“可以啊，过目不忘，看来热恋期带来的智商骤跌问题已经得到了解决。”

齐卿卿白了煎蛋一眼，她知道煎蛋是想趁此找个突破口探探她和温行止的情况，但她实在没有心情多说，只当没听见。

十分钟后，终于折腾完出门前的各种工序了，齐卿卿背上琴先一步出了寝室。煎蛋锁门时瞥了她一眼：“你背琴干吗？”

“待会儿下课后顺道去琴房练练琴。”

“我一下课就差不多饿死了，你还有心思练琴。”

“我就上三节课，十点四十下课，十二点才是午饭时间。”

煎蛋听后觉得不敢置信：“不是，你是从什么时候开始这么有时间观念的？就这一个多小时也要仔仔细细地规划啊？”

“温行止连等车时间都规划好了……”他还没说完话语就一滞。

煎蛋接着齐卿卿的话发问：“你还不理人家呢？”

“谁不理谁啊？”

“我都跟你说了，他就是吃醋，你赶紧过去解释一下不就完了吗？”

“谁吃醋会说‘先不一起’了啊？”

“人家是说先不一起去接猫！”

“都不一起去接猫了，那不是分手是什么？”

“你见过有人打算和你分手还天天关心你什么时候睡觉、每顿饭吃了什么吗？”

“你怎么知道温行止是不是想趁机和我说话，好提分手？”

“……”

煎蛋被她这异于常人的逻辑折服，一时之间无语凝噎。

两个人一起走进电梯，早晨的电梯总是人满为患，齐卿卿背着巨大的琴盒勉强挤了上去，逼仄的空间连转身的余地都没有了。

齐卿卿稍稍转头，把脑袋搁在煎蛋肩上当作休息，叹了一声说：“在温行止弄明白自己的心意之前，我不想再把我的喜欢强塞给他，给他造成负担。”

煎蛋微微一怔，这究竟有多喜欢温行止啊？满腔沉甸甸的喜欢想交给他，还生怕把他累着了。

“他那么聪明，还会有弄不明白自己在想什么的时候？”

“你也有算不明白偏微分方程的时候啊。”

“那是因为我上一把游戏队友全体挂机，我一打四啊喂！”

齐卿卿被她逗笑："所以，我想，就给他点空间吧。"

但这空间显然给得有点太多了，起码超过了温行止的想象。他早上醒来做的第一件事就是摸手机看齐卿卿的消息，果不其然也就只有一句早安。他兴致缺缺地起床，走到客厅时再次看到落日折腾得满地不知名的混合物，深呼吸一口气稳住心态，决定采取强制手段，直接拎起落日把它放到阳台上没被动过的猫砂盘里，一脸严肃地对它进行了为时五分钟的思想教育。

猫咪是直线思维，靠一点点的引导、等它自己发觉的过程实在过于困难且漫长，不如直接采用强化训练，让它知道应该如何做就好了。

温行止艰难地再次收拾完之后出门去上班，午休时想起落日在阳台上目送他出门时的样子，耷拉着脑袋可怜巴巴的，又开始觉得自己做得太过。他满心忐忑地回家想看看落日，打开门竟然看见和离开时一样整洁的景象。落日正趴在窝里睡觉，阳台上的猫砂盘显然有被动过的痕迹。

他轻手轻脚地走过去，落日醒了，靠着健全的三只脚站起来，冲他轻轻地叫了一声。他伸手去抱它时触到它柔软温热的肚皮，满心的柔软想找人述说，迟疑了几秒，发现自己脑子里全是某个人。

温行止坐了许久，最终拿起手机拨给了齐卿卿。

“你在哪儿？”

“上课。”

“周围很安静。”

“大家在做作业……”

“说话有轻微回音，证明你所在的地方隔音很好，或者比较空旷。应该是大课室或者琴房。”

“……”

正坐在琴房拉空弦的齐卿卿简直怀疑温行止查看了天眼系统，她才说了不到十个字就被洞穿了一切。

温行止刚刷卡走进地铁站内，朝着熟悉的方向下扶梯，道：“落日会用猫砂了。我们谈谈。”

齐卿卿没弄明白这两句话之间什么关系，但他这语气活像要谈离婚后孩子赡养费的老父亲，吓得她一口回绝：“赡养费我可以出，但是不谈。”

“什么赡养费？你都不问问我想谈什么吗？”

“我就是不想知道你要谈什么……”

“这就证明你心里已经有了一个预设的答案，而你没有把握能够承受它。”

“鸵鸟齐”噎了噎，老实地承认：“我确实不能。”

“所以，你在怕什么？”

“怕忽然得到的东西，也会忽然间就失去。”

地铁进站了，他听着呼啸而来的风声，等一切都稍微安静了才再次开口：“说直接点。”

齐卿卿纠结片刻，最终还是鼓足勇气开口了：“刚在一起时没敢问……为什么你会答应做我男朋友？”

温行止上车，地铁直直地驶出去，他静静地看着漆黑的窗外：“我拒绝了那么多女孩儿，偏偏答应了你。你觉得呢？”

我觉得，也许是因为我出现的节点刚刚好，也许是我表现得太过于喜欢你，而你又太温柔不知道怎么拒绝。

可能性实在是太多了，齐卿卿摇摇脑袋，把不好的想法统统从脑海中摇走，即便是一开始不喜欢也不要紧——“那到了现在，你有没有觉得有一点点喜欢我呢？”

到站了，温行止抬眼看不停闪烁的绿灯，举着手机缓缓地跟随人流下车。踏上出口扶梯时，他看见地标上写着这座城市的名字，它原本不在他那样漫长的人生规划当中，但是有个人的出现轻而易举地就改变了这一切。

他仍是无奈地叹气。

“傻瓜……”

不是一点点，是非常非常喜欢你啊。

（2）

那通电话最终以齐卿卿乖乖报出坐标为结束，她最终是什么都没问到，反而傻乎乎地把自己的想法一股脑都说给温行止听了。

叹了一口气，她收好手机去翻乐谱，刚刚看完一遍音阶，现在该开始练乐曲了。

温行止推开琴房的木门时，齐卿卿正好在拉巴赫G大调，是研学营开幕式上她独奏的那首。

齐卿卿还是那个第一次见就觉得干干净净的小女孩，微风拂过，她眉眼低垂，琴声里是雨后留下的深渊的映照。她从来没有所见的那么简单，当然，也远没有想象中的复杂。

他踱步至齐卿卿身前，她拉完最后一个音节后，仰着脑袋看他。

“拉得很好。”他淡淡地评价一句。巴赫的六组无伴奏组曲是无伴奏乐曲中最著名的典范，在音乐结构、艺术魅力和思想深度上都举世无双，被誉为演奏家的技巧与修养的试金石。

齐卿卿微笑，直入主题：“你想和我谈什么？”

温行止伸出手来碰她的琴，细长的手指轻轻拨了一下琴把上的A弦，在微响的音调中说："想听你说说，关于它的故事。"

她一副啼笑皆非的样子："我和它能有什么故事啊？一个普普通通的琴手……"

"但是所有人都知道，你是天才。"

"我算什么天才？我只是一个普通人。我永远不可能像你这样，二十四岁就当上世界顶尖大学的教授，前途无可限量。那些出身寒门、资质平平，奋斗到三四十岁才勉强混得一个能吃饭的职位的人，他们才有可能是未来的我。那些我曾经引以为傲的天赋，只能支撑我成为一个普通人。"

她越说情绪便越低落，像是只被人戳中旧伤口的小兽，无所谓的语气中藏着哀哀的求救。

温行止不语，只沉默地站在齐卿卿的身侧，细长的手指轻轻帮她把散落的发别到耳朵后面。她能感觉到他身上弥漫出的一种奇特的温柔，不加掩饰，让她感觉到无限的心安。

他低低地说："可我真的觉得，刚才那首巴赫拉得很好。我想知道为什么你会觉得自己是个普通人？"

齐卿卿低眸去看把位上的琴弦，她知道温行止为什么而来了，也知道原来自己一再地退避，对他来说是一种代表不信任的伤害。

决定开口原来只是一瞬间的事情。

“我年少气盛的时候，最不喜欢练巴赫无伴奏曲。因为它创作者用的是415赫兹的巴洛克标准音，我的老师也总喜欢让我调到标准的巴洛克音高来演奏。但我每次尝试之后，都觉得是一场大灾难。”

厌恶标准桎梏，很小就有了自己的独到见解，对天赋流的选手来说是常见的事。温行止静静地想着，接了一句：“后来呢？”

“后来我躲起来偷偷练，有一套自己喜欢的音高和指法，这也不是什么稀奇事。直到十七岁之后的某一天，发生了很多事，我隔了很长时间没有碰大提琴，再试着拉这首曲子的时候，我发现我再也找不回属于我的音高了。412赫兹也好413赫兹也罢，普通指法也好巴洛克演奏法也罢，我都听不出什么差别了。”

天才大提琴手失去了引以为傲的绝对音感，是演奏上的致命伤。

（3）

齐卿卿注定成为一名大提琴手，这是齐妈妈在怀胎十月的时候就已经决定的事情，性别的差异仅仅只是让孩子的名字从“秦秦”

变成了“卿卿”。

五岁那年齐卿卿听爸爸给兴趣班的学生讲乐理，石英钟的报时声忽然响起，爸爸非常不凑巧地打了个喷嚏。她抱着绒毛娃娃哼哧哼哧地跑到妈妈面前，说：“妈妈，刚才爸爸打喷嚏的那个音是G，石英钟‘当当’响的音是B小调……”恰巧有微风钻进室内撩动窗帘，小小的她眯起眼睛，拍手笑道，“风吹的音是D！”

这种让人不可思议的音感让身为音乐教育家的齐爸爸也大为诧异，就像人的眼睛能拥有红外线或X光一样的透视能力，齐卿卿那双不一般的耳朵就像天赐的礼物，在她年仅五岁的时候就把无限的生命力注入了她的音乐生涯之中，使得她注定成为一个不平凡的天才。不久之后，尚且懵懂无知的她被妈妈领到大提琴面前，从老师手里接过一本巴赫的乐谱，从此大提琴就成了她童年乃至往后人生中唯一的玩具。

年幼的她并不懂练琴的意义，只当它是游戏。一开始自然也有痴迷的时候，她肉乎乎的小手因为按弦握弓而起泡长茧，她也不觉得有什么受不住。架琴的地板上被压出了一个小坑，她还觉得可能是晚上有小精灵在她的琴下挖地洞。只是某一天她忽然发现自己一个朋友都没有了，从新学校放学之后其他的小伙伴都会聚在一起吃零食、喝牛奶，唯独她从没有被邀请过。

于是当天晚上就发生了她第一次反抗练琴运动，结果自然是半小时内被妈妈暴力镇压下来，还因此被“奖励”每天放学后再加练一个小时。她又气又难过地躲在书房里哭号，听到楼下开门的声音以为是提琴老师又来了，最后推开书房门的却是一个和她差不多大的、穿着西装的小男孩。

那是那年刚搬到齐卿卿家隔壁的程之栩，长得像颗小团子，却也隐约看得出五官的精致了。他一副对哭鼻子这种行为非常嗤之以鼻的表情，抱着手臂对齐卿卿说：“喂，想去玩吗？赶快把那首波普尔练熟了，就能出去玩了。”

连正式的自我介绍都没有，他把脸上还挂着泪痕的小齐卿卿从书房里拖出来，一把推进她的琴房里。半小时后她平复了情绪，溜出来去洗手间时看见那个小男孩坐在客厅的钢琴前练指法，背影和她一样小小的，但光从姿势就能想象出他的神情，肯定是非常得意且享受的。她望着琴键上跟随着老师的指挥飞快移动着的手指，同龄人的高超技巧所带来的冲击可比众多老气横秋的大人大得多，她在那一刻终于领会了所谓“天才”这个词的含义。

“你看看人家之栩，都已经能去参加国家级的比赛了，你还磨磨蹭蹭不知道在学什么！”

这是她后来听妈妈说过的最多的一句话。从年龄上说，程之栩比她还要小四个月，但在音乐、琴技的造诣上，齐卿卿难以望其项背。

那之后程之栩经常会来齐卿卿家练琴，和她比赛记音阶、辨音准、背乐谱，偶尔两人还会一起偷吃她妈妈放在冰箱里的小蛋糕。前有这样傲娇且欠扁的弟弟作为练琴的标杆，后有新老师制定的每天完成定量任务就可以去玩的新课表，齐卿卿学琴的动力大增，拉琴水平也如涨潮一般飞升。

那个时候的她还不知道，也没想过自己以后会成为什么样的人，甚至到了很久以后她都仍然只按照他人的期待来生活。家里希望她学琴她就学琴，希望她考一中她就考一中，希望她跟紧程之栩的脚步，她就憋足了一股劲儿想要追上他。

齐卿卿到现在都还记得第一次和程之栩合奏的场景。那是她第一次练德沃夏克 G 小调，挑的是大提琴协奏曲中少数广受喜爱的一首回旋曲。路过琴房的程之栩探进来一颗脑袋说："齐卿卿，你这样拉德沃夏克回旋曲好难听啊，我来给你伴奏吧。"

这一伴奏就是五年。德沃夏克 G 小调形式严格，很磨协奏技巧，合作双方必须从技巧和乐感上都势均力敌，才有可能演奏出充满生命力的、令人惊艳的乐章。齐卿卿从最开始的完全跟不上程之栩的节奏，到后来甚至稍稍胜他一筹，整整花去了五年的时间。

五年之后，齐卿卿念初一。齐卿卿报名参加全国大提琴比赛，因此错过了学校管弦乐队的选拔，被担任乐队首席的师姐好一番奚落。

那时候她还只是个受了气只会往肚子里憋的小包子，程之栩知道后二话没说找到那位师姐一阵怼，把“退出乐队”四个字说得掷地有声。

齐卿卿去劝程之栩，他白眼一翻：“一个破首席有什么了不起的，我们两个人就顶他们一支乐队！”

齐卿卿翻开手边的《交响乐团概论》，指着上面对“乐团首席”的解释，念道：“‘首席’应该是出色的小提琴演奏家，除进行由乐队伴奏的小提琴独奏曲的演奏外，还应当制定除指挥规定的、乐曲中出现的弦乐齐奏的弓法以及他本声部的指法和弓法；乐团首席必须在贯穿指挥意图中起主导作用，通过自己的演奏，给其他乐手以启发、引导和带动……”

“行了行了，烦人。”程之栩不耐烦地打断，“谁规定首席必须是拉小提琴的？在咱们两个人的乐队里头，你就是首席。”说完像是非常满意自己这番话一般，很是认真地看着齐卿卿的眼睛，无比坚定地又重复了一遍，“你，就是我唯一的首席。”

齐卿卿必须承认，在世人的目光还远没有注视到他们的时候，在她还只是一个只会按照他人的期待长大的小孩儿的时候，程之栩的确是她世界里最耀眼的那束光。是程之栩牵着她往前走，她才有了走到光芒万丈的顶峰的机会，她才有了去追逐理想中那个自己的勇气。是因为有了程之栩这位挚友，她站在那样刺眼的聚光灯下，才从来都不会觉得慌张和害怕。

十二岁的齐卿卿一举拿下全国大提琴大赛的冠军，从此声名鹊起。有世界著名的指挥家找上门来想和她合作，几经交涉之后准备确定演出曲目，偶然间听到程之栩和她的协奏，激动得当即拍板定档，演出之后果然收到极其热烈的反响。十五岁，天才级别的钢琴少年和大提琴少女召开全国巡演，场场爆满；十七岁，共同发行名为《The Gift》的钢琴与大提琴协奏专辑，荣登畅销排行榜；同年，收到世界顶级的茱莉亚音乐学院的面试邀请，享受面试通过即录取的特殊待遇。她和他犹如灵魂上的双胞胎，一起站在舞台中央，共享荣誉，同负盛名。

这原本是何等天纵奇才的故事，期间不断砸下来的光环和荣耀令身为主人公的她都觉得头晕目眩。盛名来得太快了，她站在风口浪尖，身边虽然还有程之栩陪伴，但始终觉得像是在云端行走一般，毫无真实感可言。

转变发生在十七岁的夏天，在她出发前往纽约茱莉亚学院面试的当日，齐卿卿刚坐上前往机场的出租车，半道上接到经纪人说程之栩在闹脾气的电话。

齐卿卿耐着性子，阴阳怪气地对那头的程之栩说：“又怎么了？亲亲是不是吃了扑棱蛾子呢，这么能闹腾？”

“我闹什么？我最喜欢的那身高定西服上周被送去洗衣店了，我千叮咛万嘱咐今天一定要给我取回来，结果他那脑子不知道记什么，这点事都给我忘了！我说我现在去取，又不让我去！”

“飞机都快飞了，你现在去取哪里来得及啊？到了纽约再买一身不就行了？”

“那你上飞机也别背你的琴了，到了纽约再买一把呗！”

齐卿卿简直被程之栩气得没话说了。她知道程之栩能说出这话，肯定是铁了心要带那套西服去纽约了。无奈之下，她降下车窗看了一眼路况，妥协道：“行行行，我让司机绕个路，我亲自给您去取，这样行吗，程大少爷？”

那头的人的语气终于缓和下来，甚至带上了些许笑意：“真的？”

“骗你干吗？”说罢，她报出洗衣店的地址让司机大叔换道。

司机大叔说绕路会遇上堵车高峰，提议直接掉头。齐卿卿又弄不懂这些，便随意应允了。正想问问程之栩乐理背得怎么样，余光瞥见车窗外有一辆巨大的液化气体运输车飞速开来，她惊慌地叫了一声“小心”，随即感受到一股颠覆世界的冲击力，她只觉天旋地转，最后狠狠摔进一片黑暗之中。

疼，很疼。

意识渐渐模糊，她听见周围乱成一片的刹车声、玻璃破碎声、爆炸声，最后都淹没在凭空响起的爆炸当中，其分贝之大，震得她整个人蒙住。

耳朵好疼，尖尖麻麻的痛感，从耳膜处直接叫嚣着入侵至大脑。

这是她昏过去前最后一个想法。

（4）

像是在漫长的冬夜里独自行走了很久很久，齐卿卿的意识再回到这具残破的身体时，首先袭来的是贯穿全身的刺痛。

她睁开眼，是沉默的天花板、沉默的白色墙壁、沉默的检测仪器和沉默的点滴瓶，唯有屏幕上各色的线条在跳跃着，提醒她：还活着啊。

穿着白大褂的医生一拥而上，其中一个中年医生拿着手电筒照向她，刺眼的光直接照进她瞳孔里，也是冰冷的痛感。她反抗般微微闭上眼，再睁开时看见医生的嘴唇在动，但是一切仍然寂静无声。

她意识到自己的不对劲，想开口却没力气，眼泪抢先一步滑落下来。

对于一个乐手来说，耳朵的灵敏性堪称第二生命。她依靠耳朵分辨音准、调节音阶、鉴赏他人、评判自己，在听来，每一个音、每一个调都有它自己的特色或感觉，听到升 G 音的时候就像人们看到蓝色时一样清晰。她曾经那样引以为傲的绝对音感，因为这次突如其来的车祸，如烟雾般从她生命中四散消失。

“感觉神经性弱听，两只耳朵程度不同，初步判定为中度。好好配合治疗还是有复原可能的，具体还是要看后续治疗情况。”

“如果……情况不好呢？”

“很有可能要配助听器生活了。”

能够想象吗？一个戴着助听器生活的大提琴手。被包成木乃伊一般的她躺在病床上听完医生和妈妈的对话，用尽全力才稍微显现出一点点挣扎的迹象。

本以为她睡着了的齐妈妈惊慌地过来安抚她，她抽噎着抬起右手，问：“之……之栩呢？”

她像是攀在悬崖边上的残絮，需要那只能拉住她的手，需要她灵魂上的双胞胎。

齐妈妈握住她的手，抽噎道：“之栩在美国，过几天就回来了。”

一颗心像被扔进降至冰点的湖水里，水雾顷刻模糊了她的视线。

她被丢下了。

是程之栩不知道吗？事故发生之后，消息第一时间就传到了他的耳边，那时他刚过安检，拿着护照准备登机。

故事在转折之后变得那么简单，是他仍然选择了去茱莉亚面试，是他不能允许自己少带一套高定西服，却能够做到扔下和他一起成名、青梅竹马的搭档，独自飞往美国。

为了前途，为了未来，为了那一切扑面而来又呼啸而去的东西。

大半年之后，齐卿卿完成复健，不用戴助听器成了她在这场事故中获得的最大的安慰。车祸的消息最终被经纪人花大价钱隐瞒下来，人们都只知道某一天G省省会的中环路上发生了一起严重的连环车祸，其中某辆车油箱爆炸的声音震耳欲聋；知道G省著名的天才大提琴少女最终缺席了茱莉亚音乐学院一年一度的面试，自此销声匿迹。但从没有人会把这两件看似毫无瓜葛的事情联系到一起。

齐卿卿想过要放弃的，那之后没有再见程之栩，没有再见任何一位大提琴老师、指挥家或者是经纪人。她想过要接受自己弱听的事实，就像妈妈说过的那样："做个普通人也好。没法成名，家里能指望你的也不多了。"

可是回到家，无论是书房还是卧室，到处都是散落的乐谱、琴弦、松香、尾枕、琴身专用的擦拭布，她尝试着忽略木门紧闭的琴房，却像每时每刻都会听见大提琴的呼唤似的，最终鬼使神差地走了进去。

琴房很干净，空空旷旷的，只摆了必要的几张椅子和谱架，雪白的墙上挂着她小时候用的第一把琴，周围还有几把几近报废的琴弓。她最常用的也是她最喜欢的那把琴早已在车祸中被撞毁，警察说若不是她身侧的巨大琴盒替她缓冲了部分撞击，她很有可能被撞得断筋碎骨，结局也就远不止弱听这么简单了。

齐卿卿把已经老旧的琴和琴弓从墙上取下来，按照记忆里惯用的手法抹松香，扭琴轴调音。她翻开乐谱，持琴，握弓，深呼吸一口气，听到浑厚丰满的琴声倾泻而出时毫不意外地哭了出来。

琴声呜咽，泪水全无。

只拉了一小节便没有办法再进行下去了，她靠着琴把无声地抽泣。学琴这么多年，她唯一养成的好习惯就是情绪崩溃时，只会跑到琴房里抱着大提琴哭。大提琴是手指只要稍微挪动半毫米都会拉出完全不同音色的乐器，千百年来有无数人赋予它形形色色的赞美，而她从前因为靠得太近而全然不知它究竟伟大在哪里。但就在那个时刻，在她意识到自己在天赋上已经消失，能够握住的仅剩这一把琴和弓的时刻，她终于意识到它的伟大——在于它成就了她，在于它拯救了她。深棕色的琴身冰凉而缄默，就像一位敦厚深沉的长者，它代替她发出呜咽，而琴弓上行下行时发出的刮弦声，就是它的呼吸。

她没办法想象自己离开大提琴之后的人生，所以决定哪怕是做一个普通人，也要做一个会拉大提琴的普通人。即便失去敏锐听力在某种程度上已经给她的大提琴生涯宣判了死刑，但这一回她偏偏不想再相信宿命了。于是，在身边人带着悲悯和不忍的目光下，她再一次像小学时那样拼了命地练习，想用先前积累的技巧和后天持续的努力来弥补音感的空白。因为许久没按弦而褪去老茧的手指重新磨肿起泡，再长出来的，是包围住她全部生命的新皮肤，坚硬，却也温暖柔软。

（5）

齐卿卿说这个故事的时候很平静，时隔多年，里面掺杂的心酸苦楚，多数都已经因为时间的汹涌流逝被冲刷带走了。温行止安静地听完，眼睛牢牢地看着她。齐卿卿读不懂他的神情，就只是回望着他。

最后他微微张开双臂，说：“给我抱抱。”

齐卿卿起身，琴弓还没放下就被他拉进怀里。他一向和煦如春风，这次他的力气却前所未有的大，箍得齐卿卿动弹不得。他侧过脸轻轻地蹭她的耳朵，像是在吻她，热得她脸颊通红。

“为什么不早点告诉我？”

他的声音里带着心疼也带着宠溺的责怪，低低地响在她耳边。齐卿卿本来非常冷静，但这样被他抱着，不知道为什么突然觉得委屈，瘪着嘴说：“我不知道怎么开口……”

都多少年没和人说起过这段往事了，她已经习惯去做一个独立无畏到不需要人照顾情绪的小超人，即便把这段往事完全扔掉不提，也不会影响她现在的生活。

但是，眼前这个人却会在意她的一切，会柔柔地摸她的脑袋，带着满满的笑意叫她“小女孩”。

“那现在怎么又知道开口了？”

“因为你在电话里保证了，说我不会失去你的啊。”

“你直接说，同样不会失去我。”

她的气势一点点弱下去：“那可不一定。以前的我太好了，一对比，现在的我没什么好喜欢的……”

温行止抱着她的力度更大了：“那我也没什么好喜欢的。”

齐卿卿立马急了，差点从他怀里挣出来，这个小动作才开始就被某人按下。她被禁锢在温行止怀中，闷闷道：“谁说的？你长得这么好看，哪里都值得喜欢。”

温行止俊眉微皱：“你就是因为我长得好看才喜欢我的？”

一句“那不然呢”差点脱口而出，求生欲作祟，齐卿卿稍微斟酌了一下，才笑眯眯地给出这道送命题的答案：“喜欢你是因为你是我最想成为的那种人呀。”

他甚是满意，轻笑问道：“哪种？”

齐卿卿开始如数家珍般搬出她家温教授的优点：“稳重自持，努力谦逊的天才。最重要的是，温柔。”

她一直觉得像温行止这样能够始终保持温柔善良的人，实在太了不起了。她体会过冷硬坚固的现实，所以知道能够始终拥有一颗柔软的心的人到底有多么强大。肯定是因为内心始终对世界保有一份浓厚的爱意，所以可以勇敢地面对现实，可以无所畏惧地直面伤害，才可以做到不管对方善恶与否，都能交付一份温柔吧。这样的人怎么会不让人心生向往呢？

温行止听后只是笑，把头埋在齐卿卿肩上，说："温柔是因为喜欢。温柔是因为遇到了自己向往成为的那种人。"

齐卿卿微怔，从擂鼓似的心跳声里抬起头来，讶异道："你，向往我？"

温行止一副理所当然的表情静静注视着她，漆黑的眼睛里波光流转："对。向往一个和我相似，却又没有我这种疏离外表的人；某个被命运考验过，却又依然保持着天真的人。无论能不能成为第二个马友友或者杜普蕾，都没有关系的。不管是什么样子，你都被安稳地爱着啊，应该有面对任何事的勇气。"

这也太会夸人了，齐卿卿瞬间感受到自己词汇的匮乏，一想到话里的人指的还是自己，更是羞得脸颊发烫，不自觉地抬手捂住脸。她在他怀里红着脸娇笑："我也没有这么厉害啦……但是刚才那句话，能不能正式说一次呀？"

"哪句？"

"表达你喜欢我的那句。"

他眼睛里有笑意，看着她笑得古灵精怪的样子，觉得整颗心脏都变得软乎乎的，不要说只是一句话了，简直想无条件地把自己所拥有的都给她。

“我喜欢你。我从来不觉得自己是一个多么特别的人，但是因为你，我的人生变得不一样。”

温行止柔声说完，齐卿卿听到自己心跳加快的声音，感觉像是整个人被扔进了蜜罐里，一呼一吸之间全都是醉人的甜意。她想，即便此前一直觉得世界对她有所亏欠，现在也觉得已经得到了更加温柔的补偿了。他的出现就是她收到过的、来自世界馈赠的最美好的礼物。

Chapter 08

the Galaxy
and his cat

“我已经会的事，
她就不需要会了。”

（1）

午后的K大校园相对冷清，齐卿卿背着琴和温行止一起从综合楼里出来，看见艺术系门前的花坛边上，有一对年迈的夫妇正并排坐在石凳上晒太阳。爷爷正握着奶奶的手，用湿纸巾细细地帮奶奶擦着手上的污渍。暖洋洋的阳光从他们身上淌过，犹如岁月的光圈，除了年纪之外没有改变任何。

要是她和温行止也能有这么一天该有多好，走过好多个春秋，头发花白还能手挽手出来晒晒太阳。齐卿卿这么想着，身侧的人忽然说："手给我。"

她迟疑了一下，还是乖乖地伸出手。他的掌心宽大而温暖，轻易握住她整只手然后十指相扣，末了还捞起来看一眼："手这么小。”

“不小了，和一些比我高的姑娘比都还大些。”毕竟是从小就要伸着手指去够把位的，她又补充说，“但是没她们的手那么细嫩。”

温行止眉梢一扬，道：“还有这种比较？”

齐卿卿抬起手让他看手指上的老茧，说：“对啊。按弦很痛的，特别是上拇指把位的时候，简直是丧心病狂的痛。磨出茧子的话会好点，但是如果隔一段时间不拉琴的话，又得重新痛一轮。”

温行止听着，拇指轻轻地摩挲着她长茧的指尖，笑道：“这样也很可爱。反正，我也不去牵别人。”

齐卿卿仰起脸朝他笑，眼睛里有如繁花盛开。她恶作剧一般用长茧的指尖轻挠他白嫩的手背，他只觉得有些痒，也任由她胡闹着。

“以后，要经常把手给我牵。”

“好啊。”

齐卿卿笑眯眯地走着，快到地铁口了温行止才想起正事：“对了。要不要去我家？”

齐卿卿脑子立刻宕机：“你……你才刚跟我表白……这大白天的就……”

温行止皱眉道："你胡思乱想什么？"

"我在想教授你也不是这么随便的人……"

"你知道就好。"

"那去你家……"

"你不去看落日了？真的让落日当空巢少女吗？"

"对噢！"齐卿卿如醍醐灌顶。虽然这些天温行止一直都会拍一些落日的照片和小视频发给她，但面对水灵灵的小猫，只能看不能摸的感觉可真是太憋屈了。

"你先去陪落日玩会儿，我下班回来一起吃晚饭。"

齐卿卿点点头，突然想起自己在研究所苦等的经历，问："你该不会又要加班吧？"

温行止给她一个"难说"的眼神："前些天大石头压着，工作时也心神不宁的。现在终于解决了，也该回去将功补过了。"

"大石头……难不成指的是我？"

他没承认也没否认："你是那大石头里蹦出来的小泼猴。"

齐卿卿果然被逗笑，一双笑眼亮晶晶的，满身都是阳光，看得温行止忽然觉得心律不齐，耳朵也跟着红了个透。

两人在地铁口分别，齐卿卿拿着备用钥匙直奔温行止的公寓，一路上小心脏“扑通”跳个不停，她幻想了无数遍温教授公寓的样子，什么精装轻奢风、简约文艺风、温馨可爱风等。可当她怀揣着小期待和小激动打开房门的那一刻，只剩下三个字：惊呆了。

不大不小的单身公寓，漆面墙、无吊顶、木地板，家具摆设也一应选择了深色系，她想象中的应该是如主人一般简约而不失内涵的格调，但这满地的猫粮、碎纸屑实在是令人大跌眼镜……

齐卿卿正震惊着，造成这一切混乱的罪魁祸首猛地从沙发里探出了半只脑袋，一双澄澈的橘色眼睛正水汪汪地看向她，小脑袋上的耳朵因为好奇而微微一动。

重度猫奴齐卿卿立马弃械投降：行，原谅它了。可爱的东西真的是可以为所欲为的！

齐卿卿火速放下琴去抱落日，不知道是不是认得她还是落日本身就不怕人，它只喵呜了几声就在她怀里乖乖就范了，眯起眼睛用粉粉的鼻子蹭她的衣领。齐卿卿连呼吸都软了，抱着它舍不得撒手，她与猫“温存”了将近半个小时才想起要把屋子收拾一下，赶紧起身忙活。

清扫结束已经是傍晚时分了，没有午睡再加上这么一番折腾，齐卿卿累得直不起腰来。沙发已经被落日霸占，她在微信上给温行止发了一句“借高小姐香榻一用”，洗了个澡就直接往床上一躺，感觉整个人都陷入了软绵绵的床垫中。她闭上眼，鼻尖嗅到浓郁的薄荷香气，是温行止身上特有的味道，闻起来特别安心。

齐卿卿不知道自己什么时候睡着的。温行止天黑了才回到家，轻手轻脚地打开房门，看到的就是他的小女孩和小猫蜷在一起睡觉的景象。她穿着一件他的白 T 恤，半截身子裹在被子里，抱着枕头蜷成一个渴望被保护的姿势。而一贯睡在沙发或者猫窝里的落日竟难得地爬上了床，正紧紧靠在她枕边，一人一猫睡得无比心安。

他没来由地觉得心里很软，像是暗夜的冰层忽然全部融化，他在二十四年的人生中头一次感觉到自己的心被填满了。他从来不是害怕孤独的人，虽说仰望星空的科学家都难免寂寞，但他一直很清楚自己想要的是什么，所以即便从年少开始就被鲜花和掌声包围，也从没有晕头转向过。而这是第一次，他觉得自己真切地握住了一些东西。

原来深深地爱上一个人，根本不需要多么精准的演算和推理，仅仅是一个瞬间的事情罢了。

温行止坐到床边去，轻轻戳了戳齐卿卿的脸。还在睡梦中的她悠悠转醒，半睁开眼看他，又闭上，嘟囔道：“回来啦？”

“嗯。肚子饿吗？”

她扭头翻身，落日也惊醒了，爬起来跳下床去。

“还好……”

“我饿了，起来陪我吃晚饭。”

她捞起枕头压住自己的脑袋，一副“不听不想不知道”的鸵鸟做派：“再睡会儿……”

温行止一边扶额一边笑，片刻后伸手拎开她脸上的枕头，直接用撒手锏：“这么困，要不要我陪你睡？”

静默三秒，床上的人立马像河滩上搁浅的小鱼一般弹起身，颇有“垂死病中惊坐起”之感，显然还是找不着北却硬装出一副清醒了的样子，道：“不困了不困了！”

温行止好整以暇地看着齐卿卿，嘴角勾起得逞的笑，问：“你脸红什么？”

“没、没什么……”

(2)

秋意逐渐浓重，这季节的颜色也在变得慷慨，苍空皓日之下整座城市呈现出假象的平整与柔软。某天下午，齐卿卿收到妈妈帮程之栩约她的短信，就知道这回是逃不掉了。上回在乐团拒绝不成，她直接蹿下楼当了逃兵，原以为这样做程之栩总归会放弃的，不料他竟然直接搬出她妈妈这尊大佛来。

从齐卿卿有记忆以来，妈妈都是绝对权威的。这么一大家子人，上到祖父祖母、下到隔了不知道多少代关系的远房亲戚，没有一个不唯齐妈妈这位女诸葛马首是瞻的，包括她那位在音乐教育领域颇有建树的爸爸。用她爸爸的话来说就是：咱们家，小事儿都归女人管，大事儿都归男人管，幸好，咱们家四五辈没出过大事儿了。尤其是在和齐卿卿有关的事情上，妈妈向来是彪悍且不容置疑的，使得齐卿卿从小就习惯了按照妈妈的意志生活，十七岁以前连个叛逆期都没有。硬要说为什么事情而和妈妈红过脸的话，大抵也就是事故之后她再也不愿意见程之栩。而妈妈却一直说命由天定，觉得无论如何也怪不到程之栩头上。

此时正坐在她身侧看电脑的温行止突然问：“怎么了？”

“妈妈让我明天去见见程之栩。”

温行止没有说话，齐卿卿望着他，决定对他的博学理智和广阔胸怀都保持绝对的信任，把事情交代清楚：“明天十二点，在我们学校西门的咖啡馆见面。程之栩想让我加入他下个月的演奏会，我说我没兴趣。”

“咖啡馆离研究所东门也挺近的，结束了我去接你，一起吃午饭。”

不动声色地把吃午饭这件事说的比她见程之栩这件事重要得多。齐卿卿凑过脸去故意逗他：“嘿嘿，你不放心我啊？”

“要是不放心我就直接跟着，全程监控了。”

齐卿卿撇嘴：“那干吗放着所里高级自助餐一样的午饭不吃，跑来找我啊？”

他镇定自若道：“和你一起吃，我比较有胃口。”

齐卿卿捂脸装害羞：“哎哟，你的意思是我秀色可餐吗？”

温行止睨了她一眼：“我的意思是你吃饭吃得很香，看起来特别有食欲。”

你看免费吃播来了啊？

于是，第二天中午十二点，K 大西门咖啡馆。

齐卿卿掐着点到达咖啡馆时，程之栩已经等在那里了。是靠窗的位置，他穿着 V 字领的灰色羊绒毛衣，右手边放着他向来爱喝的手冲蓝山咖啡，金丝眼镜后边的一双眼睛黑而沉默。

齐卿卿和他面对面而坐，他笑问：“点些吃的？”

“约了人吃午饭。”

“喝点什么？”

“不用，待会儿就走了。”

“又是上次那个教授？”

“与你无关。”

程之栩那跳蚤大的耐心果然很快用完，笑容凝固在脸上，他深呼吸了好几口气才终于稳住心态。沉默半晌，再开口时他开门见山道：“首席，我该解释的都解释过了。那天我是快到机舱口了才知道你出事的消息，我说了我不去了，经纪人……”

齐卿卿毫不客气地开口打断他：“我今天来这里，不是为了听你告诉我你有多挣扎、多痛苦、多愧疚、多追悔莫及的。”

“是，我是没有脸来请求你的原谅……”

“那你还做这些干什么？你明知道对我来说没有用了。”

“……”

程之栩难得无话可说，齐卿卿想着迟早都要说开的，还不如趁现在一次性说明白。她说：“所以，你在乎的根本不是我的感受，也不是我有没有在怪你，而是在乎究竟怎么做才能让自己好受一些，怎么做才能让自己更加心安理得一些。当然，人类本来就很少有为自己的行为真正感觉到抱歉的时候，他们表达歉意只是为了安慰自己而已。我没有因此责怪你的意思，但我绝对有拒不接受道歉的权利。”

也不知道是不是被温行止传染了，齐卿卿现在讲起道理来也是冠冕堂皇，实际上却杀人诛心不着痕迹。程之栩呆坐在原地，那一双漂亮的黑眼睛隐在金丝眼镜后面，又深邃又沉默。很久之后，他才开口，不是那种薄薄的玩世不恭的少年音了，齐卿卿一下子就听得出来他的难过，这是这么多年来她从没有听到过的语气。

“我只是觉得很难过。我只是……一个人站在那么大那么亮的舞台上，看着下面形形色色的各种笑脸和闪光灯的时候，总觉得应该是两个人一起站在那里。”

齐卿卿感觉自己像是被什么撞了一下，一直以来勉强用自尊糊住的巨大裂缝终于被撞破，风猛地灌进来。

眼前这个人，毕竟也曾是她唯一的朋友，是她在演奏中的灵魂搭档，是她毫无保留全身心依赖的挚友。

“可是我们不可能回到从前了。有些东西碎了就是碎了。”

“我知道。我也没有立场要求你强装出一副高兴的样子，来和我维持那种虚假的平衡。我知道你从来都不是那种愿意一辈子看着那些碎片的人，也正是因为我知道，所以这么多年我从来没敢打扰你。”

但是到了现在他还是回来找她了，证明这些事终究是像魔魇一般纠缠了他这么多年，而他却无力抵抗。就像当年事故发生后一周他才回国来见她，虽然迟了那么久，虽然一切都早已经被改变，但他仍然想让她站到他身边。

齐卿卿果然心软了，她向来吃软不吃硬，更何况程之栩这会子袒露的柔软实在太多，让曾是挚友的她很难不跟着有共鸣。她扶额叹了一口气，妥协道："行吧。其实，作为市乐团的签约乐手，我本来就没有拒绝的权利。"

程之栩的眼里终于有了些暖意，齐卿卿看着他，感觉他还是平日里那副全天下我最跩的模样要好看些，他这样的人生来就应该待在光圈之中，受尽凡人的瞻仰和崇拜。他本身也值得。

"开心点吧，反正事情都过去了。其实假如我没有出事也不一定能成名，怀才不遇的人也有很多。现在我做个普通人也挺好的，一样有爱人和被爱的能力，说不定哪天我也能在这平凡里，拥有我的不平凡。"

程之栩定定地看着齐卿卿："你在说谎。"

"好吧，我确实不相信世界上有怀才不遇这种事……"

"但是我相信……"他顿了顿，"我相信后半句。我的作曲老师说，能在平淡生活里始终保持天真和热爱的人，才是真正的不平凡。"

齐卿卿微笑，身旁的落地窗突然被敲响，她侧过脸去看，温行止那张满是笑意的脸就这样撞进视线里。本就是极英俊的一个人，他此刻站在窗外的阳光里，玻璃折射的七色光落了他一身，映照得玉琢一般的五官更加精致。齐卿卿看到他眼神里足以融化冰雪的温柔，不禁心口一热，那些说不清的焦虑和悲伤忽然就四散开去。两个人隔着玻璃对望，没有言语，却都泛出很是耀眼的笑容。

她的不平凡，来了。

目睹全程的程之栩莫名觉得被塞了一嘴狗粮，温行止远离落地玻璃绕去前门，程之栩抱臂问齐卿卿："你妈妈能让你大学期间谈恋爱？"

齐卿卿的脸色变了变："你怎么知道我们……"

"你们俩看向对方的眼神，瞎子都能被你们散发出的真爱光芒闪得重见天日好不好？"

齐卿卿噎了噎，想起大一时妈妈说过不许她大学期间谈恋爱的话，微微怵了怵。这要是在程之栩面前承认了，也就等于间接性地把她恋爱的事情告诉家里人了……

她抬眼，看到温行止推门进来。名校出身的青年学者，拥有英俊的容貌和挺拔的身形，这样优秀卓越的人永远是自带光芒的存在，却愿意为了陪她吃一顿午餐不顾其他匆匆赶来。他曾经说，你被安稳地爱着啊，应该有面对任何事的勇气。

她感觉到有强大的力量逐渐在心里累积，抬头看向程之栩，大大方方地承认了："对。他是我男朋友。"

告诉妈妈去吧，告诉全世界都行。正在向她走来的那个人，是即便全世界都不允许，她也仍然会笃定地选择他的存在。

程之栩看着齐卿卿那堪比壮士断腕的表情，挑了挑眉："认真的？"

"这还能不认真？"

见多了快餐式爱情的程之栩反而愣了愣："奔着结婚去了？"

结婚倒是还没有想过……齐卿卿微怔，眼看温行止走近了，赶紧趁他还听不见补了一句："反正，会一直在一起。"

"行了，擦擦你的哈喇子。一看到他，你笑得口水都要掉下来了。"

齐卿卿随口怼他："你别说得那么恶心行不行？"

程之栩轻松接招："你别笑得那么腻歪行不行？"

说话间温行止来到桌前，齐卿卿起身站到他身边去，他会意地微笑，一只手轻轻地贴上她的后腰。

程之栩一手托腮，仰头看着眼前这登对的两人，笑问："这时候应该问好还是告别啊？"

温行止抿嘴笑了笑，笑容得体却也疏离，自我介绍道："温行止。温柔的温，'景行行止'取后两个字。"

程之栩也显出一副自来熟的样子，像是之前和温行止那些阴阳怪气的对话都不曾发生过一样。他说：“巧了不是，我的名字和《诗经》也有点关系。‘东门之枌，宛丘之栩’，程之栩。”

温行止不知怎的顿了一下，但很快恢复正常，微笑道别后拎着齐卿卿出去了。

还没想好吃什么，走向附近美食坊的路上齐卿卿看温行止眉眼低沉，便凑过去问道：“在想什么？”

温行止瞥她一眼：“在想我究竟和程之栩有多像，你才会因此喜欢上我？”

齐卿卿震惊了：“谁说你们像啊？”

“你们乐团演奏长笛、单簧管和小号的姑娘都这么说。”

齐卿卿呆滞了几秒，恍然大悟道：“你那天该不会就是听她们这么说了，才生我的气吧？”

他的表情变得有些难以描述，但没有否认，补了一句：“还看见程之栩玩你的头发。”

敢情他真的在吃飞醋啊！

“这也太冤了吧温大人，你吃谁的醋都比吃这家伙的醋好啊！”

温行止现在开始装不在乎了：“他怎么了？我觉得还行啊。”

这莫名生出的惺惺相惜之感是怎么回事……

“我和程之栩从小一起长大，以前天天一块儿练琴，练得看到琴厌烦、看到对方也烦。难得不烦的时候，看他就跟看到自己的左右手一样，谁会哪天突然属灵了，爱上自己的左右手啊？”

“你的意思就是，以后十几年看我也会看腻，就像看左右手一样喽？”

“你和程之栩能一样吗？”

“有什么不一样？”

“我压根儿就没喜欢过他啊！要说起来，我反而更怕他和我喜欢上同一个人！”

温行止难得惊讶，一秒之内和齐卿卿交换完眼神，一双瑞凤眼微微睁圆。齐卿卿越说越觉得想不通，总觉得这熟悉的情节幻想像是来自国内畅销的各种言情文学。她脑袋瓜一偏，盯着温行止的侧脸道：“你该不会是背着我看了什么奇怪的言情小说吧？”

又是一阵沉默后的无力辩白，他道：“第一次恋爱，经验不足，看点书补充一下理论知识。”

齐卿卿这回真是气到没脾气了……

为了弥补自己的过失，温教授首次在食物选择上做出了让步，携齐卿卿直奔火锅城。

好久没吃上火锅的齐卿卿坐在包间里眉开眼笑，点完锅底和配菜后，温行止面无表情地说：“牛肉再加五份吧。”

“我再怎么能吃也搞不定五份吧？”

“不只是你，”他慢条斯理地掏出纸巾开始擦餐具，“还有一个花光了生活费，来蹭饭的。”

（3）

二十分钟后，齐卿卿隔着升腾的水汽，恍惚地望着坐在她对面正一脸冷漠地吃着火锅的迷你版温行止。

其实也称不上是迷你版，只是比温行止矮了半个脑袋，更瘦些，和温行止一样浓眉深目，只是他剪了一个寸头，痞得不能想象他是隔壁 Q 大的数学系高材生。

她侧过脸和温行止耳语：“你没告诉我你弟弟会来……”

温弟弟倒是耳尖：“你也没告诉我还有个外人在。”

敏锐如齐卿卿，立刻感觉到未来小叔子的敌意了。

温行止淡定地开口压制躁动的弟弟：“她不是外人。你还没自我介绍吧？”

温弟弟连筷子都没放下，扔出三个字：“温仰止。”

高山仰止，景行行止，虽不能至，然心向往之。

齐卿卿尴尬地笑道：“我叫齐卿卿，你好。”

温仰止“嗯”了一声，闷头继续吃。

齐卿卿不知所措地看向温行止，他回过来一个安慰的眼神，然后趁齐卿卿夹菜时在桌下踢了一下温仰止的脚，吓得温仰止差点没把嘴里的可乐呛出来。

于是，温仰止乖乖地按照哥哥的指示开始没话找话：“齐卿卿……”

又是一脚，温仰止连忙改口：“姐姐……”

再一脚。

“嫂……”温仰止实在叫不出口，干脆不加称呼了，“你是学什么的？”

齐卿卿咽下食物，微笑着答道：“管弦乐。”

“哦，听起来不怎么样。”

“……”这话叫人怎么接？

“难怪妈妈对你也不怎么感冒……”

温行止微眯起眼睛，一副刚想起什么的样子：“啊，我好像忘记给你打钱了呢。”

小温的气焰即刻灭掉一半：“哥……”

温行止的嘴角明明有笑意，却看得人不寒而栗：“我想，还是看看你会不会好好说话，我再决定要不要伸以援手吧。”

不要跟钱过不去……

再次屈服的小温灌下一口饮料冷静了一会儿，然后再次开启话题：“那，你懂天体物理吗？”

“不是很懂……”齐卿卿苦笑。

“那你和我哥有什么共同话题？”

这小子果然是天生的嘴炮，温行止扶额，凉凉地接过话：“我已经会了的事，她就不需要会了。共同话题的事你更没必要操心。”

温仰止觉得这个回答简直不可思议，他哥有什么不会的？

“那她还需要会什么？”

温行止想了想道：“确实什么都不需要会。”只要乖乖待在我身边就行了。

温仰止争不过他，但铁了心要让齐卿卿下不来台，耍赖一般把筷子一扔，说：“不行，她必须得会点儿什么。我哥不会做饭，你会吗？”

齐卿卿一句“我可以学”堵在喉咙里，温行止抢先一步答：“我都不会的事，没理由要求她会。”

会来会去的，这两人是来火锅店打辩论赛的吗……

齐卿卿眼看着气氛有些凝固，她赶紧亮出笑容打圆场，道："没事儿，想学的话什么都可以学明白的。"

温仰止抬杠："是吗？那你跟我学学分数阶微分方程的有限差分方法？"

"这种太专业了，如果是学跟音乐相关的数学我可能会比较擅长……"说罢齐卿卿开始搜肠刮肚地回想自己脑子里所存不多的数学知识，"比方说在音程领域，不同音之间的协和程度，是可以通过看两个音的最小公倍数而得知的，其本质是频率相合的程度。比如，C4 和 C5 的最小公倍数为 2，是所有音中最小的，因此它们被称为纯八度，是最和谐的音。而增四度，也就是三全音，则是最不和谐的音，它们的公倍数是……"

她想不起来了，怎么在关键时刻掉链子啊！

这时，温行止淡淡地接上："64。"

"对！而且，和弦的协和程度也可以用最小公倍数来进行比较噢。"说完，她笑眯眯地看着温仰止。

正咬着筷子的小温弟弟郁闷地看着他们默契地一唱一和，想生气又被齐卿卿笑得没处撒火，只得幽怨地看向哥哥。

哥哥温行止托腮笑道："共同话题就是这么来的。"

温仰止愤愤道："秀恩爱！"

温行止心情大好地从番茄汤锅底里夹起一片青菜放进齐卿卿碗里："我也没这个意思。就是希望弟弟你，能对我女朋友温柔一些。"

温仰止气呼呼地"哼"了一声，埋头继续吃肉了。齐卿卿又悄悄地和温行止咬耳朵："你怎么知道是 64？"

"瞎猜的。"

"可这是正确答案啊大哥？"

他笑得一脸无辜："是吗？"

她好像知道为什么这个人那么年轻就能读完博士了……考的都会蒙的全对，这简直是考神体质好吗！

（4）

生怕吃饭途中温仰止又提出点什么难题来吊打她，齐卿卿赶紧请求支援，摸出手机给煎蛋发微信："教授请火锅，遇敌，西区美食城，速来。"

煎蛋是典型的川妹子，人送外号"火锅狂魔"，声称世上比火锅更让人心动的只有免费的火锅，加之对温教授的好奇心，她收到消息后立马"鸽"了约好一起讨论建模事宜的队友，扫了一辆共享单车欢欢快快地就来了。

进门时还是满目精光的兴奋表情，看到温家兄弟，煎蛋立马蒙了：“齐卿卿，你克隆了温教授吗？不犯法吗？”

“猪队友”三个大字在齐卿卿的脑海里放大放大再放大……

煎蛋走近，这才发觉两人只是眉眼相像，气质和五官上还是有很大差别。她端坐到椅子上，目光像探测仪一般把坐在齐卿卿身旁的温行止从上到下扫描了一遍，最后笑道：“温教授，久仰大名啦。”

故意沉默的温行止挑眉，客气了几句，便问：“你怎么知道我是？”

煎蛋潇洒地一挥手，毕竟吃人嘴短，花式夸赞张嘴就来：“您这柳如眉，云似发，陌上人如玉的气质，一看就是齐卿卿喜欢的那款。”

身旁咬着筷子的温仰止悠悠地道：“你的意思就是我不柳如眉云似发陌上人如玉呗？”

煎蛋：“您哪位？”

温仰止咬牙切齿道：“齐卿卿喜欢的那人的亲、弟、弟。”

“噢，弟弟啊。那怎么样都行。”煎蛋想起齐卿卿在短信里说的话，想必吃火锅所遇的敌人就是这位寸头弟弟了吧，长得倒是人模狗样的，非管人吃火锅干吗？

齐卿卿又出来和稀泥，把餐牌递给煎蛋，随口问：“建模大赛的事儿怎么样了？”

“随便整，反正一等奖跑不了。”

同是数学系的温仰止没忍住搭话：“这么有自信？”

煎蛋忙着看菜单，眼皮都没抬：“我也想谦虚，但是 K 大数学系的实力不允许啊。”

K 大的数学系可是号称“第一学府第一系”，虽然在综合排名上总和隔壁 Q 大有些说不清道不明的纠葛，但每年都能以微薄的分差险胜一筹，稳坐全国所有高校中“老大哥”的交椅。齐卿卿眼看着温仰止眼里明显有火光，不自觉地拉着温行止往后挪了挪，生怕对面两个数学狂人大战起来伤及无辜。

于是接下来的大半个小时里，齐卿卿全程云里雾里地听着温仰止和煎蛋你来我往地互甩专业名词，偶尔嘴馋夹一筷子烫好的肉吃，还被煎蛋改造过的汤底辣得直冒汗。

辣椒不要钱也不用当饭吃吧……

只动了几筷子的温行止笑着伸手去擦齐卿卿额头上辣出的汗，齐卿卿大着舌头问：“你听得懂他们在说什么吗？”

“一点点。我硕士时辅修了应用数学。”

“……”

齐卿卿想自己必须习惯这种不经意间就又能发掘温行止一个闪光点的生活了，哪怕温教授的闪光点很有可能比银河系还要浩瀚。

“话说回来，弟弟为什么没来我们学校数学系啊？”

温行止风轻云淡道：“本来是保送的，面试当天去打辅助，给忘了。高考第二天没睡午觉，考英语时睡着了，考砸了。”

这位兄弟也真是狠角色……

对面的小温憋红了脸，强行挽回尊严道：“高考只是意外好吧？我硕士一定能申请到哥哥的学校去的。”

齐卿卿撑着下巴，好笑地看着温仰止，逗他：“看来你很崇拜你哥哥嘛。”

他不屑地反问：“你要是有个这样的哥哥，你不崇拜？”

她看向身边的温行止，目光相接时，嘴角不自觉地翘起：“我要是有这样的哥哥，就一辈子当哥哥的跟屁虫，即便别人说我是废物也无所谓。”

正喝着可乐的煎蛋闻言突然觉得齁得慌，温仰止却非常没眼力见地答了一句：“不行，我哥有多厉害我就能有多厉害，我绝对不能丢人！”

正往锅里扔干辣椒的煎蛋适时地接过话茬，以免齐卿卿尴尬：“挺有自信的嘛，小屁孩。”

温仰止像被踩中尾巴的恶猫："你说谁小屁孩？"

"谁有反应我说谁。"

"我今年十八岁了！"

"在座各位的年纪都是以二字开头的。"

小温同学被噎得说不出话……

当本次会面在某种和谐又暗藏汹涌的氛围中落下帷幕时，煎蛋已然完成了考查温行止的使命，同时还和温仰止因为互不相让而结下某种宿怨，甚至放言要在正式大赛里一决高下，为方便侮辱彼此顺利互留微信。齐卿卿看着这神奇的剧情走向，不禁暗暗佩服自己做出把煎蛋搬过来的决定，不然让她来承受这小温在数学专业问题上的碾压，不晓得场面会难看成什么样。

"那我先回去了。"小温顺手扫了齐卿卿的微信，把手机收回口袋，规规矩矩地和温行止道别，"哥哥再见。"又看了一眼齐卿卿和煎蛋，碍于哥哥的面子，不得已扔下一句，"路人甲乙也拜拜。"

齐卿卿算是看出来了，这小温也是野路子的暴脾气，天不怕地不怕，唯独怵他这个笑面虎一样的天才哥哥。不仅是怵，更多的是心甘情愿地尊敬和崇拜——简单来说，就是"兄控"。

难怪对她这么有敌意。有了个温柔至极的男朋友，就要附带一个臭脾气的小叔子，虽然她不明白为什么亲兄弟反差会这么大，但这世界还真是守恒啊。

温行止尽责地把两个女孩子送回 K 大，最后煎蛋一副送女出嫁的样子，语重心长地叮嘱温行止："齐卿她啊，遗传家里惧内的优良传统，大事上拎得清，小事就老犯糊涂，教授您以后在各种小事方面就多担待了。毕竟也没什么大事能让她拎的。"

齐卿卿还在腹诽"惧内"这个词，温行止笑了一声："放心。我很早就开始希望她能让我担待呢。"

煎蛋显然被感动，一拍齐卿卿的肩膀："你跟他走吧！我放心了！嫁出去的女儿泼出去的水……"

齐卿卿道："大姐，我还要跟你回寝室的，你戏别这么多……"

Chapter 09

the Galaxy and his cat

“我想尽最大的努力去做，
关于喜欢你这件事。”

（1）

天气预报说强冷空气来袭，气温果真像坐过山车一般直直跌到个位数，冬天就这样毫无防备地来了。齐卿卿最喜欢寒冷的天气，世界的温度越低，她对温暖的感知度就越高，仿佛这样能够得到的幸福快乐也加倍上涨。

程之栩的个人演奏会顺利举行，齐卿卿作为特邀嘉宾出席，两人久违地合奏了一首《爱德华·埃加尔：E 小调大提琴协奏曲，作品 85》果然博得满堂掌声。齐卿卿站在耀眼的追光里牵着程之栩的手向听众鞠躬，深红色的幕布从头顶上降下来，她仿佛看到自己的年少时代也随之华丽地向世人宣告谢幕。

齐卿卿忽然明白，她完全不需要倚靠世人冠以的“天才”头衔存活。人生虽不可能万事如愿，但美就美在所做的事情都会拥有不既定的答案。正如温行止所说，她无须花费任何力气去成为马友友或者杜普蕾，那是他们的人生，她只需要成为齐卿卿就可以了，去演奏属于她的乐章，去选择她喜欢的事物，去完成她想完成的事情，不需要做功成名就的天才，一样能够遇上那个深深爱着自己的人。

就像鲜花拥簇的现在，赞美和善意一拥而上，但也会如潮水一般瞬间退去。她清楚自己能够握住的是什么，她知道自己能够从中得到的是什么，即使微弱渺小，也值得她为此奋力一搏就够了。

拥挤的后台，庆祝的笑声和欢呼声响成一片，有几个年纪尚小的乐迷在爸爸妈妈的陪伴下拿着《The Gift》来找齐卿卿签名，表情怯怯的，大眼睛写满犹豫和惶恐。她笑着俯下身去安慰他们，签名时有预感般看向门外，温行止刚好走出电梯，正安静地等着她。

她想为自己热爱的一切活着。即使年少时天赋陨落，也一样可以成为善良出色的大人，他的温柔成为她与世界和解的底气。

她快速地在专辑的扉页上签名，写下简单的寄语，给那个孩子，也是给自己——

“不要否定自己。你特别好，特别值得。”

然后，她辞别程之栩，背起琴朝温行止身边奔去。

（2）

十二月月末，天欲雪，阴阴沉沉得让人没有做任何事的兴致。齐卿卿收到念念的微信，称所里有位新来的小硕士长得尤其好看，勾得齐卿卿一下课就抱着书直奔研究所，想要一睹帅哥的真容。

不料她刚进门，帅哥还没看到，先和温行止撞个正着。一身实验服的温教授相当惊讶："突然来这里干什么？我还在忙。"

你忙不忙不打紧，我主要是来看帅哥的！这句话齐卿卿自然是不敢说出口，她眯着眼睛撒娇："没事儿，就是特别想你，觉得能多看一眼是一眼。"

"是吗？上次吃烤肉的时候可没见你多看我一眼啊。"话是这么说着，但他眼里显然多了几分暖意。

走到前台，念念直接无视了跟在齐卿卿身后的温教授，兴奋地指着刚从合成室出来的某个年轻男孩儿对她说："就是这个，就是这个，怎么样，是不是很好看？"

齐卿卿立即觉得后脖子一凉，忙不迭地摇头。念念嫌她扫兴，身后的温教授悠悠地开口："原来是赶着来看别的男人的啊。"

齐卿卿火速回头抱住他的手臂："不是！我就是随便看看！你

看他长得没你高，鼻子没你挺，眼睛也没你大……”

“观察得挺仔细的嘛，就那么一眼。”

“不！我是习惯性以你为标准去衡量别人，当然一眼就能看出差别啦！但我看谁都觉得还是你好看！”

“哦？你的意思是，我是你进行过筛选之后，勉强过合格线的那个喽？”

“不不不，你是我见过的那么多人里面，最好的那一个。”

……

历经千难万苦终于哄好了这位小醋王，望着满意远去的温行止，齐卿卿心有余悸地坐到念念身边。

念念戏谑道：“你说你，是不是温教授跟你说地球是自东向西转的，你都信啊？”

齐卿卿毫不犹豫道：“信啊！”说完又觉得自己实在太没原则，补充道，“不是，他在这方面是专家啊……”

念念被她逗得大笑：“你一堂堂K大高材生，干点儿什么不好？非得找个这么聪明的男人，像只小蚂蚁一样被捏得死死的，翻身的机会都没有。”

齐卿卿托着脸叹气：“也是哦……”

聪明的男人不知何时又来到前台，抱着臂轻飘飘地来了一句：

“怎么，还想找个不那么聪明的？”

齐卿卿猛地摇头：“不是不是！我就喜欢被捏着，我不喜欢翻身！”

念念又大笑起来，感觉看他俩斗嘴简直比听相声还可乐。温教授面无表情地拎起人往外走：“我送你去门口打车。”

“我回寝室就那么点儿路，用不着打车吧……”

后来齐卿卿才知道，温教授在她和念念唠嗑时随口打听了那位新来的帅哥的情感状况，得知“空窗许久矣”，不安感登时爆发，火速前往前台把自家小女孩打包藏回家里。

刚出研究所大楼，明显感觉温度更低了一些，齐卿卿下意识地往温行止身边靠，回过神来时发现天空中竟飘着雪，是纯正而细碎的白。

他说：“下雪了。”

齐卿卿一个激动抱住他的腰：“是初雪！”

“齐卿卿，你的手往哪儿放？”

她成功地连手带人藏进他的大褂里，喃喃：“冷嘛……”

他无奈地轻笑，齐卿卿仰起脑袋看他，笑容亮亮的：“我第一次和喜欢的人一起看初雪！”

温行止的笑意更深了，摸摸她的脑袋说她傻。

齐卿卿以为他是觉得自己这种想法太幼稚，便解释道：“韩剧里都这么演哎，男女主相遇第一年的初雪，往往都是很重要的时刻。虽然我也觉得有点矫情……”

环住她的手臂收紧，他轻笑道：“我们还会有很多个一起看初雪的时刻，希望每一年你都能这么开心。”

飘然而下的雪粒忽然成了落在心上的奶油，松松软软地铺了一层，裹住像小动物一样缩在温行止怀里的齐卿卿。

“有你在的话，我一定会一直都非常开心的。”

（3）

踏着雪回到寝室，齐卿卿看到煎蛋桌上多了本红彤彤的荣誉证书和一个大礼物袋，得知她和温仰止同时获得建模大赛一等奖，十分膜拜地为数学系女神献上全方位的赞美，却获得女神嫌弃的栗暴一个：“想吃就拿去吃，不过应该挺辣的，温仰止说他挑的麻辣味。”

齐卿卿以为自己听错了：“谁？”

“温仰止，你未来小叔子。”

“他干吗送你牛肉干？”

“不止牛肉干，接下来一个月的饭他都得给我包了。我都说了那道题用模拟退火算法，在求最大值的时候取负数，他偏要从头和我杠到尾，这种常识性问题还能搞不明白。”

齐卿卿倒不觉得这是什么常识性问题，至少不存在于她所知的常识之中。但如果是温仰止那类人说不明白，那就大有扮猪吃老虎的嫌疑。她再回想起最近和煎蛋聊天的话题，涉及小温的次数也越来越多——这两人果然有些猫腻！

她忍不住揶揄煎蛋：“可以啊女神，温仰止那种小狼人都被你驯成小奶狗了？”

向来不近男色的煎蛋大侠翻了个白眼：“小奶狗？‘奶’我不觉得，特别‘狗’倒是真的。”

“此话怎讲？”

“赛前集训 K 大不是和 Q 大一起吗？他非天天缠着我带他打游戏，菜就算了，还特喜欢冲到我前面去送人头。最高纪录害得我连输八把，真是没脾气了。”

“他不是只喜欢玩网游吗？都愿意为了你玩手游了？”

“你从哪个标点符号里听出来他是为我玩的？再说了，我这种根正苗红的好青年，这种小学弟你给我送一卡车来我都不会碰。”

齐卿卿撕开一根牛肉干的包装：“为啥啊？”

煎蛋言简意赅："接受不了姐弟恋。"

"不对啊，你不是有个弟弟吗？"

"就是因为有个弟弟，所以烦死了比我年纪小的男生了！"煎蛋气得抱臂，"一个个嘴上抹蜜但是从来就没靠谱过！"

齐卿卿咬了一口牛肉干，瞬间被辣得说不出话，涨红着脸去找水喝了。在最后一丝理智被辣味吞噬之前，齐卿卿想，这小温追煎蛋的路，是肉眼可见的比她追温行止难得多啊……

（4）

元旦过后就进入了紧张的期末考试复习周，图书馆进入半年一度人满为患的特殊时期，早上还没开馆就已经有排起长龙的学生捧着书在门口等着占位置了。齐卿卿实在抢不过，便跑到温行止的公寓占山为王。

白天他要上班，只剩她和落日在家，一人一猫一书，偶尔拉首曲子自娱自乐，一副世界静好的模样。落日尤其喜欢听齐卿卿拉琴，在她刚开始第一根弦的空弦练习时，它就会立马停下所有的动作，像走进高雅交响厅的观众一般慢条斯理地走到她坐的凳子后面，动作虽有些瘸拐但十分优雅，然后选一个舒服的姿势趴下，准备欣赏乐曲。

一曲终了，它微眯着眼睛像是入睡了。齐卿卿轻笑着问它：“落日，好听吗？”

它经常不搭理，偶尔会“喵呜”一声，齐卿卿就当是夸赞了。

等温行止下班回来，通常是天黑之后的事了。他提着一摞比词典还厚的期刊文献回来，和齐卿卿一起随意吃点什么，然后继续工作。两个人养成一种无须言语的默契，就在同一个空间里各自忙各自的，保持着恰当的距离，但一抬眼就能看到对方。

这晚齐卿卿在复习美学，“重修收割机”的期末考试重点多如牛毛，光是名词解释就画了将近二十个，背得她头昏脑涨。落日闲得无聊，跳到沙发上去蹭温行止想讨抱，温行止正两手打字抽不开空，只得柔着声哄它：“宝贝儿，先别闹。”

坐在地毯上正背书的齐卿卿下意识地抬起头：“我没闹啊。”

从没有用这么亲密的称呼呼唤过对方，突然反应过来的两个人的脸颊都以肉眼可见的速度红了。

齐卿卿企图通过背书分散情绪，低头翻了几页，开始念念有词：“‘艺术自律’是文学、艺术创作领域中的一种形式化诉求，即一种面向艺术自身属性的回归的动力。这种形式自律的要求，最终成为一种体制化的……”

卡住了，齐卿卿“体制化”了半天也没背出个所以然来。她认命地翻书再背，好不容易背完整段，坐在沙发那头的温行止突然开口：“错了。”

她转头，看到的是一张正在认真看数据做分析的侧脸，像是游刃有余之间只分出了一丁点神来监督她，毫不费力。

“不可能！”背书可是文科生最后的尊严！

“你刚才说是‘艺术进化论史观的本质’，你看看是对是错？”

齐卿卿立马翻书，看到正确解释后心态果然崩了：“我去！是‘艺术法则及其本质论的艺术进化论史观’！”

温行止笑了一声，继续工作。齐卿卿彻底泄气了，绝望地倒在地毯上耍赖：“教授，我们换个脑子吧，我真的不行了……”

“按照目前科技发展的水平，再综合你的经济状况来看，这个做法可行性为零。”

“那要不你替我去考试吧？女装怎么样？我借小裙子给你呀！”

“我的T恤你就当裙子穿了，你的裙子给我当什么？背心？”

“……”

齐卿卿彻底吃瘪，无话可说地继续瘫着。落日亲昵地爬到她肚皮上想撒娇，她抱起落日假装抽抽搭搭地哭诉：“宝贝儿，幸好你来地球没选择成为人类，人类的世界真的太可怕了。你看看爸爸，耳闻则诵、过目不忘；妈妈却只能：马什么梅？马冬什么？什么冬梅？考试写：孙红雷……”

温行止终是没忍住，大笑起来。

茶几上的小方钟“嗒嗒”响着，此刻已经是晚上十点钟。齐卿卿收拾好背包准备回寝室，伸手挡住温行止合电脑的动作，说：“不用特意送了，我打车回去。项目最近忙，你用这点时间工作，晚上能早点休息。”

他还是坚持地起身：“你自己回去不安全。”

齐卿卿其实走惯了夜路，何况从温行止公寓到地铁口是直线距离，路上出什么差错的概率简直少之又少。但为了能够让他安心，她晃了晃手机，笑：“我叫了出租车，从你们楼下直达寝室楼下。”

温行止这才放心让齐卿卿走，过程中紧盯着手机软件上分享过来的行程状况，直到齐卿卿到寝室后向温行止报平安才放下心认真工作。隔天早上齐卿卿起床，看到凌晨三点多他发来一句的“睡了，晚安”。

果然没有听话地早睡。他是典型的工作狂，只要不用顾虑齐卿卿，几乎会把所有的时间和精力都投入到工作当中，常常是独自忙到凌晨才休息，隔天又很早起床去研究所。

温行止说这是他人生的基本状况，习惯把自己放在高强度的任务当中，把工作当成全部的生活。他的光芒总是让人忽视他所付出的代价，其实天才背后藏得最多的还是不间断的付出和努力，即使他从不向人展示。

（5）

终于熬过煞人的期末考试周，顺利迎来为期一个月的寒假。温行止定了中旬要出差，落日便跟着齐卿卿回家了。她从温行止公寓撤出来时，他于百忙之中来电，她刚坐上爸爸的副驾驶座，温行止连续唤了几声她才答：“在呢，刚上车。”

“好，路上注意安全。”

她一边笑一边翻耳机：“哈哈，我爹开车那是稳如老狗……呸呸，稳如泰山。”

他笑了一声，继续叮嘱：“G市昼夜温差大，注意别感冒了。”

“好呢。”

“围巾和羽绒服带了吗？”

“带了。”

“护手霜和暖宝宝呢？”

“带了。教授，我这是回家呢，不是去埃塞俄比亚，该有的东西家里都有的。”

“也对……”

终于找到耳机了，齐卿卿按掉免提戴好耳机，明显感觉到两人之间的气氛有些诡异，问：“怎么了？”

温行止说：“我正在检索关于如何维持异地恋的文献。”

“停！停！你别乱来！”

“第一次异地恋……”

“不用补充理论知识的，只要每天都聊聊天就行了！一个月而已，很快就再见了！”

“不对。还是缺乏一些亲密关系里应有的互动，我……”

“那视频！每天视频不就是见面了吗？那就跟我和落日都还在时没什么区别了。”

温教授沉吟片刻后表示同意，挂断电话前还不由自主地感慨一句：“科技当真是造福人类。”

这句话从一个科学家嘴里说出来怎么感觉怪怪的……

齐爸爸好奇地搭话：“听这声音，这位教授感觉很年轻啊。”

齐卿卿点头道：“嗯，今年才二十四岁。”

“二十四岁就当教授？是天才人物啊。有女朋友了吗？”

刚有些小骄傲的齐卿卿愣了，齐爸爸自顾自地问下去：“他把猫寄养在咱家，怎么不多叮嘱一下猫的情况，反而一直关心你带没带衣服……”

“程之栩没说吗？”

“说什么？”齐爸爸一脸无知地反问，略一思索后震惊地看向齐卿卿，“该不会他和之栩……”

“不是不是！”齐卿卿彻底慌了，连忙挽回局面道，“教授就是人特别温柔，很会关心人！”

她实在说不出口那一句“因为我是他女朋友，我比他还要了解这只猫的习性”……

齐爸爸打趣道：“年轻有为还有猫的大学教授，肯定很受女学生欢迎吧。”

齐卿卿想了想：“嗯……不过，教授有女朋友了。”

齐爸爸闻言，笑得满脸都是慈祥的褶子：“那我们家卿卿没机会喽。”

他女朋友就是你们家卿卿……

到家之后先安顿落日，齐卿卿旁敲侧击地从多个方面去套妈妈的话，最终确定了程之栩确实没有告诉他们，她已经恋爱的事，霎时间心里五味杂陈，高兴也不是，不高兴也不是。难怪一直以来爸妈丝毫没有询问她关于男朋友的事，她说寒假要带猫回家养，爸妈也没有过问猫的来历，反而更关心猫有没有打疫苗……

虽说主动坦白有点困难，但也没有藏着掖着的必要，谈个恋爱又不是触犯天条，更何况她还找了个这么优秀的男青年谈恋爱。于是齐卿卿开始伺机想和爸妈摊牌，终于在大年三十守岁之夜，等到了一个天时地利人和的好时机。

此时的她正躺在沙发上看《春晚》，温行止突然来电，接通后她不小心碰到免提键，嘈杂的背景音先传出来，温行止声音轻柔地问她："困了吗？落日是不是睡了？"

齐卿卿"嗯"了一声，关掉免提。刚巧路过的齐妈妈以为她在听语音消息，随口问道："是谁，说话这么温柔？刚才你表舅还问我你找着男朋友了没？我看这小伙不错，你要不试试？"

齐卿卿一个鲤鱼打挺坐起身，蓄谋已久的官宣时刻就要到来了！她斟酌了两秒，强装淡定地开口："妈妈，他就是我男朋友，我谈恋爱了。"

"你说梦话呢？"

"真的，暑假时，我们在研学营认识的，他是美国那所大学物理学院的教授，现在在我们学校隔壁的研究所当特聘顾问。我们一起收养了落日。”

原本是开玩笑的齐妈妈根本反应不过来，倒是原本正安详地抱着落日看小品的齐爸爸先回过神，关掉电视坐到齐卿卿身边，问：“谈了多久了？”

她老实地回答：“快五个月了。”

“都是认真的吗？”

“嗯，非常认真。”

“他对你好不好？”

“很好，非常好，他是世界上除了爸爸妈妈爷爷奶奶外公外婆之外对我最好的人了。”

随即是一番诡异的沉默。

齐卿卿看了一眼手机上的通话页面，温行止正在那端安静地听着。齐妈妈也坐到她身边，一家三口瞬间成了夹心饼。

齐卿卿惶恐地看着妈妈越发严肃的神情，听到妈妈问：“你们……发展到哪一步了？”

齐卿卿“噔”地红透了脸：“妈妈，他是很传统的男孩子，我们就非常清白地谈恋爱，没有……”连接吻都还没有过呢……

“那就好。”齐妈妈即刻舒了一口气，“女孩子，一定要懂得保护自己。”

齐卿卿觉得这句话很是耳熟，回想起在波士顿时温行止说过的话，嘟囔着：“他也经常这么跟我说……”

“那应该是个靠谱的孩子。”齐妈妈终于让了一步，齐爸爸却又不依不饶地插一脚，说：“但是卿卿，他是大学老师。以后你会老，他的学生却永远不会老的。”

一句话就让气氛降到了冰点，三层夹心饼面面相觑，齐卿卿暴汗：老齐啊老齐，好歹你也是一名光荣的人民教师，怎么黑起同行来这么下得了狠手……

实在不想再让气氛尴尬下去，齐卿卿略一措辞，红着脸道：“爸爸，我了解他，他不会让我遇到这种事的，以前没有，现在也不会，以后更不可能。”

齐妈妈：“你就这么相信他？”

齐卿卿悄悄地捏紧了拳头，就像此刻能牵住那个人的手一样，笃定地点头：“嗯，因为他值得。”

齐妈妈没再说话。这个傻丫头，竟然已经把满腔的喜欢和信任交付得这样彻底。

这次会谈最终以某种带有神圣感的默许结束，齐妈妈叮嘱说：“恋爱是互相信任的过程，你年纪小，不懂事，爱就去爱了。但要是哪一天累了，彼此放手也要体面。爱情这种东西，能不辜负那段时光，就很好了。”

齐卿卿用力地点头。

回到卧室，齐卿卿才又和温行止说话，他那头已经安静下来了，估计也是回了房间。她问：“你都听到了吗？”

“听到了。”

“有没有什么想说的？”

“有，关于刚刚阿姨的话。”温行止好像心情很好，齐卿卿都听得见他话里的笑意，“在我眼里，‘那段时光’的长度是一生。我想尽最大的努力去做，关于喜欢你这件事。”

齐卿卿心里一动，像是炸开了一束草莓味的烟火，落了满天细碎的粉色光辉。她还是这么没出息，只要温行止一笑，一说好听话，她就恨不得把自己的下半辈子全都交给他。

窗外响起沉闷的烟火声，齐卿卿拉开窗帘，看到空中绚烂的烟火，零点过了。

“教授，新年快乐。接下来的日子，也请多多指教啦。”

三百公里以外的温行止正满目温柔地看着手边 CD 封面上的齐卿卿，瞳孔里倒映着台灯的颜色，是一片柔绵的白。他低笑着答：“谢谢。我很高兴。我很少直接表达我的情绪，但我现在很高兴。”

很高兴能被你这么认真地喜欢着，很高兴你愿意这样把我记挂在心上，很高兴你信任我，很高兴能够得到你这样纯挚的感情。人类所在的星球不过是宇宙汪洋中一粒失落的沙，人类的寿命放在浩瀚时间之中，也完全只是弹指一挥间。我甚至开始担心：这短短几十载，不够用来证明我有多喜欢你的话，该怎么办呢？

通话结束之后，齐卿卿去客厅喝水，收到温仰止的微信，问：“你是不是给我哥下蛊了？”

她回复了一个问号，温仰止又说：“他从房间里出来后一直在傻笑。”

看完这条信息之后，傻笑的人变成了两个。

齐卿卿心情大好地问：“想要红包吗？”

小温义正词严道：“休想收买我。”

“想听煎蛋的八卦吗？”

“嫂嫂，新年快乐！”

齐卿卿冷笑一声想：爱情果然是用来妥协的。

她给他发了个红包，上书箴言：放弃观望，直接行动。

小温：“请赐教。”

“煎蛋如果说饿了，就立马给她做吃的、点外卖；她如果说不舒服，就立马给她买药、带她去看医生；她如果说想要什么，就立马给她什么。面对理工女，直接行动永远比说甜言蜜语有用一百倍。”

小温：“那，你也该行动了。”

“啥啊？”

“我妈可不大喜欢你噢。”

果然，一波刚平一波又起。通过温仰止的爆料，齐卿卿这才知道，原来她和温行止恋爱没多久，他就已经告诉家里人她的存在了。一直反对温行止回国工作的温妈妈以为他是为了齐卿卿才毅然决定回国的，对这位素未谋面的女朋友颇有不满。就在刚才吃年夜饭时，温爷爷问起温行止什么时候带女朋友回家看看，温行止笑说：“还早呢，等她再长大点也不迟。”

温妈妈微笑着，夹枪带棒地表态：“哎，我就说，她还是年纪太小。行止面对爱情太冲动了。”

一旁的小姑笑出声，附和道：“平时温温和和的，遇到个心动的，都冲昏了头。”

温行止不温不火地笑着：“妈妈，她才比我小三岁，很多事情都是我自行考虑决定的。”

“但是在学历上、人生经历上，她可比你差了好大一截。行止啊，一直以来你都是忙着学习工作……”

温行止显然不想听妈妈继续唠叨，淡淡地打断：“照您这么说，我该找个四十出头的姑娘恋爱了。”

一桌子人同时出声反对：“那也不行！”

“感情问题我自有分寸，说出来也只是当作一件高兴的事分享给大家，其余的不劳烦各位费心。”他风轻云淡地应对满桌人的热切关注，侧过脸朝最年长的爷爷笑，“爷爷，我女朋友特别喜欢听小曲儿，笑起来又很好看，您一定会喜欢她的。”

“好，好。”温爷爷高兴地拍拍温行止的肩膀，这位长孙可是整个家族的骄傲，“小行喜欢的姑娘，一定是好姑娘。”

于是年夜饭上关于温行止女朋友的讨论就这样极为尴尬地结束。

齐卿卿忽然感到空前的压力，这还没上过门呢就不被待见了……

她忧心忡忡地问温仰止：“我是不是真的配不上你哥哥啊？”

本以为起码能得到一句像样的安慰，温仰止回过来的却是一句：“你才知道啊？”

齐卿卿深呼吸，忍住把这家伙拉黑的冲动，她按下语音键直接道：“你给我滚——”

(6)

长大之后过年就不像过年了，哪怕是面对纷至沓来的红包和满桌佳肴，齐卿卿也感觉不到有多少兴奋和期许，每天都只是百无聊赖地看着爸妈和客人们聊得火热，关键时刻还会被要求给客人演奏几首曲子——这倒是从小到大都没变过的。也有好事的客人会“关心”起她的情感状况，揶揄她二十一岁了也该恋爱了，谈一两年到毕业时就刚好结婚。她尴尬地应付着，后来和温行止吐槽，他笑着给她支招：“那你问问他们家小孩儿期末考试成绩怎么样，班里多少名、年级多少名、市里多少名、省里多少名，能不能上重点，有没有早恋……”

齐卿卿对这类问题简直过敏，萧瑟道：“我小时候最恨这样的人了……”

“还好吧，我小时候就不讨厌别人问我的成绩。”他说得风轻云淡，“我跳级太快，他们也搞不清楚我究竟在读几年级。”

“……”

“而且不管我读什么……”他忍着些许笑意看手机屏幕里她无语的神情，悠悠然把最后一句补上，“我也永远考第一名。”

好一个没有感情的“别人家的小孩儿”……

初五之后，温行止匆匆忙忙地返回研究所，开始着手准备获批的个人观测项目。齐卿卿每天抱着落日和他视频的时间因为他的工作骤然被压缩到十分钟之内，温行止好不容易积累的一点“过年肥”也很快因为高强度的工作转瞬即逝。

元宵佳节，齐卿卿吃完汤圆后蜷在被窝里和温行止视频，看着他仍然顶着过度劳累产生的黑眼圈在工作，心疼道：“休息会儿吧，你看起来好像很不舒服。”

“是有点头疼……”他闷闷地答，叹了口气趴在桌上，半垂着眸看着屏幕上的齐卿卿，“你什么时候回来？”

齐卿卿想了想，存心逗他，说：“等你想我想到不行的时候。”

温行止沉默了，吸了吸鼻子：“那就是现在了。”

齐卿卿怔了片刻，温行止顿了一下继续说：“好想你。我从来没觉得对一个人的惦念对情绪能有多大影响，可是我好想你。”

沿袭煎蛋女神“干就完事”的优良作风，齐卿卿抵达温行止公寓的时候，刚好是晚上十一点。她背着满满一背包的零食想着要来提高温行止的生活质量，蹑手蹑脚地打开门，一眼便看到正坐在床上看书的温行止。四目相对，她看到温行止因为惊愕凝固住的俊颜。

她扔下背包，直接扑到床上：“爱妃，朕来迟了！”

温行止必须承认，这是好多年没有过的惊喜和愕然。他经历过很多个常人无法想象的高光时刻，但当齐卿卿带着一身寒气突然扑进他怀里时，他忽然意识到这个小女孩竟然比任何一个国际奖项或是观测发现都更能让他觉得愉快和悸动。他感受到她温热的呼吸，痒痒的，像小猫蹭他时的吻。

他后知后觉地问：“你自己来的？”

齐卿卿想起她的背包，里面都是特意收好的她最喜欢的零食。借力坐起身，她扭头想下床去拿她的包包：“还有朕为你打下的江山……”

她的手腕蓦然被拉住，再次倒下时教授翻身将她压在身下，她还没来得及反应过来就感觉到唇上一片温热的柔软。

他的吻也是极尽温柔的，灼热的气息柔柔地和她纠缠在一起，她的脸已经烫得快要冒烟。她悄悄睁开眼看面前温行止微闭的双眼，在脑子搅成糨糊的初吻时刻非常不合时宜地想：睫毛真长啊……

温行止捏捏她的脸，她恍如隔世，没头没脑地来了一句：“结束了？”

“还没。”

他再次吻下来，温柔得像夏夜里带着薄荷香气的风，萦绕过五官，带来舒缓惬意的微醺。

最后卿卿同学茫然失措地坐在床上，看已经恢复正常的温行止一件一件地把她包里的衣服取出来，叠好，放进衣柜里。她失神道："原来科学家也逃不过小别胜新婚的定律啊……"

他侧过脸瞥她："小别胜新婚？洞房花烛……"

"洞、洞庭波兮叶木下！"接下来是什么来着？想不起来了，她硬着头皮感叹一句，"九歌先生的诗写得真好啊……"

"这是屈原的诗。"他停了一下，"篇名叫《九歌》。"

"哈哈哈哈哈哈，是吗？"

……

这是齐卿卿第一次在温行止家留宿。

说不紧张是假的，洗漱之后她盘腿坐在床上，看着书桌前正低头翻着书的清瘦身影，耳边是自己心跳的声音。

"在想什么？"温行止忽然问。

"没、没什么……"

"先休息吧，我还有些数据没整理完。"

齐卿卿慢吞吞地钻进被子里，只露出半个脑袋，小心翼翼地发问：“教授，在美国情侣之间是不是真的都……”

“我是中国人。”他像是一秒钟就能读懂她的意思，放下手里的书走到床边，细心地帮她把被子掖好，“所以，什么都不会发生的。这虽然是一个发乎本能的问题，但必须归于理性去探讨。”

她继续傻乎乎地发问：“怎么理性探讨啊？”

“虽然可能性很小，但也必须要考虑：如果哪一天我们没办法一起走下去，对你来说也只是多了一段经历，不至于失去什么。”

这究竟是一个多温柔的人，才会这样无时无刻不在为她着想。齐卿卿莫名觉得鼻腔有点酸，他俯身落下一个温柔的吻：“我们来日方长。晚安。”

也是，差点忘了，她的温教授有着无人能敌的好耐心。她什么都不用去担忧，只需要跟着他的步伐，躲在他的身后，乖乖地做他的小女孩就好了。

“晚安，教授。”

照明灯应声熄灭，她安静地望着他伏案工作的背影，不知何时便昏昏地睡了过去。

凌晨，齐卿卿被床垫陷下去的动静惊醒，她扭过头，看见刚关灯准备休息的温行止。他听到动静，转过头来看她，细声问道：“吵醒你了？抱歉。”

齐卿卿迷迷糊糊地往他怀里钻，找了个舒服的位置安心躺好，喃喃道："什么都看不见了……"

大概是他厌光，房间的采光被精心设计过，关灯后当真暗得不见五指，和齐卿卿自己那总亮着一盏小夜灯的卧室大不相同。

他轻轻地吻她的发："没事，我在这里。"

他可以做悬在她瀚海穹夜中的北斗，不论深陷大漠还是迷失森林，只要见到他，她就能知道归来的方向。

Chapter 10

the Galaxy and his cat

和天文物理学家谈恋爱是
一种什么样的体验？

（1）

翌日清晨转醒，齐卿卿果然接到妈妈的查岗电话。昨晚她可是借口说煎蛋忘带寝室钥匙即将流落街头才溜出来的，否定了爸妈提出的一切可能性毅然出门，扔下可怜巴巴的落日在家陪外公外婆。

齐妈妈问：“今晚回来吗？落日满屋子转悠，怕不是在找你呢。”

齐卿卿迟疑了一下：“给它喂点儿零食吧，我再待一两天就回去。”

齐妈妈发出一声洞悉一切的冷笑，反问：“还说是室友没带钥匙，我看是见男朋友去了吧？”

齐卿卿被这句话噎住，缓了半天才说出一句显然底气不足的话：“不是，我没有……”

正在倒牛奶的温行止看齐卿卿因为不擅长说谎而憋成番茄色的脸，相当不厚道地低下头偷笑。

“是吗？那你让你室友和我打个招呼呗？”

齐卿卿和温行止同时蒙了，考虑到温行止的嗓音实在太低沉富有磁性，没办法装出煎蛋那种柔中带刚的御姐女声来，她只得乖乖坦白——了一部分：“我、我现在在外边准备吃早餐呢，待会儿……待会儿我让煎蛋跟你聊啊。”

齐妈妈也不忍心继续为难女儿，随口答应后又沉默了一阵，最终颁出一道军令状：“你晚上必须给我住寝室里头去啊，小小年纪有点分寸。”

“妈，你实在是想太多了……而且教授他又不吃人。”

“那你就厚着脸皮去烦人家？保持点距离有利于恋爱关系长久好不好？”

“这么听起来你好像特别有经验的样子……”

对于这点，齐妈妈倒是毫不谦虚，甚至带点儿小骄傲，说：“不然你以为我当年凭什么搞定你爸的？那时他可是市里出了名的音乐才子啊，虽然说现在发福成了音乐胖子……唔，但是女人啊，在恋爱里必须记住一句话：凡事交付 70% 就够了。给太多了，自己吃亏，对方也腻得慌。”

不愧是齐家女诸葛，吐槽起自己老公来丝毫不嘴软，给女儿上恋爱必修课也是一套又一套的。齐卿卿就情侣关系的维持和妈妈进行了一番短暂的交流，挂了电话之后捧着温行止递过来的牛奶，两个人面面相觑。他说：“我在想，70% 具体是多少？”

“妈妈说，是刚好让对方拥有成就感，但同时又觉得被吊足了胃口的程度。”

“……”

真是博大高深，他摸出手机打开文献检索 APP：“我来研究研究。”

齐卿卿忙不迭扑过去阻止：“你的脑子是用来研究无数个光年之外的天体构成的，拿来搞恋爱心理也太大材小用了吧！”

好在温行止果然很快冷静下来，齐卿卿趁机关掉检索页面，再抬头时看见一个红彤彤的信封式大红包，是温行止递过来的——“元宵快乐，小女孩。新的一年也要平安喜乐。”

好厚！这是齐卿卿接过红包之后的第一个想法，扫了一眼里面崭新整齐的纸币之后，她不可思议地瞪大眼：“教授，你们家的红包，该不会都这么大吧？”

他俊眉微挑："如果我说是呢？"

她差点蹿过桌面扑到他身上："那我要跟你回家过年！"

温行止撑着脸笑："你跟我回家过年，可就不是回去收红包这么简单了。"

"那我还要干吗？"

"我的堂弟堂妹们，可是盼我太太的红包盼了好多年。"

齐卿卿登时从头红到脚……

"这也太亏了，还是做你们家的小孩子比较开心。"

他抬手揉揉她额前的发："有我在，你就是我们家的小女孩。"

（2）

收好红包，齐卿卿想起妈妈在电话里说的话，觉得还是赶紧和煎蛋对对口供以免露馅，火速拨过去一个视频电话。刚接通，镜头摇摇晃晃的，看得齐卿卿直晕："你该不会是还没起来吧？"

煎蛋甚是痛苦地吐槽："大姐，大年十六啊，谁没事早上八点就起床啊？"

电话这端已经起了很久的两个人再次面面相觑，齐卿卿甩锅："教授作息太规律，搞得我以为早上八点起床是天经地义的事……"

镜头终于对准了正在被窝里的煎蛋，她只露出了半张脸，长发凌乱地散落在枕头上，看样子仍然处在迷糊状态。

“我快散架了……他们老温家的男人，上辈子是专门索命的黑白无常吧……”

直觉告诉齐卿卿这句话不简单，一个眼神安抚住旁边的温家男人，追问煎蛋：“怎么，小温又作妖了？”

“已经不是作妖的程度了，我怀疑那小子疯了……”

凡是煎蛋微博点赞过的彩妆零食，隔几天必然收到小温邮过来的实物；凡是她转发过的观点短文，隔几天必然发现他也在看相关的书或文献。就连她在家百无聊赖时发的一条“单机贼无聊，想去打真人竞赛”的朋友圈也被他记在心上，第二天直接坐早班飞机出现在她的城市，说带她去打真人游戏来了。

俗话说，中国人最不能拒绝的一句话就是：来都来了。

那既然小温来都来了，煎蛋就没有把人家赶回去的理由，硬着头皮和他一起去了郊区的游戏基地，成为当天仅有的女玩家，还因为颜值颇高造成了不小的轰动。

换好装备，温仰止扛着各类水弹彩弹，煎蛋翻着地图在规划战略，一群人蓄势待发。温仰止不知怎的忽然凑近她，底气相当不足地问了一句：“我可以……牵你的手吗？”

“牵牵牵！立马给我锁起来！！”齐卿卿越听越激动，恨不得自己就在现场能推波助澜一把。

结果煎蛋相当冷漠地说：“牵啥牵？我手上拿着枪和地图呢，牵个什么劲儿？我又不是三头六臂的小哪吒，给不了他想要的安全感！”

齐卿卿暴汗：小温这句话明显不是在求保护吧？

实在拿这个不解风情的理工女没办法，齐卿卿略一思索，决定反激她一把，故意装出失望的口吻说道：“那他做这么多也白瞎了，你又不喜欢弟弟。”

对面的温行止几乎笑倒，齐卿卿差点也没憋住笑：“要不我让教授改改他们家的户口本，强行让小温长几岁？”

煎蛋向来大大咧咧，还真认真地数起来了：“说起来，其实他也就比我小两年零三个月，好像也没有差很多……”

“不行，说了不能比你小的，小一年、一个月、一天都是小。”

“我都说了两年就还好啊！”

“你也说了你不能接受姐弟恋啊！哎，你该不会是对小温动真格了吧？”

“……”

煎蛋脸红了，沉默了一会儿终于爆发：“齐卿卿你个坏蛋！你故意的！”

（3）

齐卿卿与煎蛋对完口供后挂了电话，用一顿烤鱼换煎蛋亲自打电话给齐妈妈帮她打掩护的待遇，只能说——亏得令人发指。齐卿卿放下手机，看着温行止正收拾着准备出门，问：“你要去哪儿？”

“去大使馆转签。对了，我下周四飞夏威夷。”

她知道这次的观测要在夏威夷岛上的冒纳凯阿火山上进行，不是研究所的公差，是他以天文学家身份申请到的个人观测项目。

“去多久呀？”

“观测许可只有三晚，算上来回路程，一周左右吧。”

齐卿卿若有所思地点点头，把脑袋埋进大大的马克杯里，再抬头时已经喝出了一圈奶胡子。她再次小心翼翼地发问：“那这次……也是什么都不能问吗？”

他笑吟吟地拿餐巾纸帮她“刮”掉奶胡子，说：“可以问。你想知道些什么？”

“你一个人去那么远，能照顾好自己吗？需不需要带个助理什么的呀？男助理没有女助理细心，要不要找个女孩子陪你呀？”

他听得认真，回答得也一板一眼：“观测台会有专业的望远镜操作员辅助我工作，助理什么的就不必了。再说，我带个女孩子去，你不生气吗？”

这家伙怎么突然变得和煎蛋一样不开窍！她不是女孩子吗？

齐卿卿闷声不答，喝完牛奶后，趿拉着拖鞋进卧室里，沉默地翻找着什么。

温行止感受到气氛的不对劲儿，却又不知道错在哪里，一时茫然。过了片刻，看着她拿着一条单色领带走回来，踮起脚往他衣领上套，细细地帮他系起来。

最后打了一个漂亮的温莎结。她甚是满意：“深蓝色饱和度高，显气色，特别适合你。”

温行止没说话，似笑非笑地看着她。

齐卿卿莫名地觉得脸烧：“你看什么？”

“只是觉得，你越来越有教授夫人的气质了。”

他居然学会调戏人了！她实在受不了他这个眼神，红着脸想躲开，被他一把搂住腰往回捞：“是不是有话没说？”

她迟疑了一会儿，老实地坦白：“你去吧……我等你回来。”

“你想和我一起吗？”

她一秒都没有迟疑：“想。”

温行止安静地注视着她，黑色的瞳孔闪着细碎的光。半晌后，他问："你的心脏和呼吸系统有没有问题？"

她摇头。

"内分泌系统功能正常？"

她点头。

"去高原地带有没有出现过明显的高原反应症状？"

她学着他那种医生问诊一般的语气回答："在我国地势的第三级阶梯都没有任何不良反应。"

他嘴角勾出一抹满意的笑意："护照带了吗？"

这简直比他突然问"户口本带了吗"一样令人茫然，齐卿卿怔忪半晌，猛然倒抽一口凉气："你是认真的？"

"真的啊。"他笑得低沉欢畅，"带你去太平洋中央看星星。"

（4）

长达十五个小时的漫长飞行，抵达夏威夷时是正午，从机场落地窗往外扫了一眼，是想象中的棕榈白沙的海滩，一望无垠。

齐卿卿呵欠连天地被温行止拖上接待中心派来的车上，她昏昏沉沉地靠在车窗上看着依旧神采飞扬的温行止，感觉他像是随时都能上台演讲一样，丝毫没有长途跋涉的倦意。

"教授，你不累吗？"

“平时坚持运动，体能就好很多。以后你每天和我一起晨跑吧。”

“……”

提出反抗的力气都没有，齐卿卿想也许沉默在很多时候反而是最好的耍赖方式。

他拍拍肩膀示意齐卿卿靠过来，两个人依偎着聊天，他说：“我这么高兴还因为这个项目本来是不大可能获批的。至少，我不抱希望。宇航局每六个月就会向天文学家们发布招标计划，如果想使用这种世界顶级的天文设备，所提交的科研方案必须极具竞争力和影响力，通过比例常常只有五分之一。不巧，项目审批时正是我决定回国的时候。我并非美籍科学家，身为大学教授，合约期满后也没有续约，这些条件的缺失在很大程度上会影响专家委员会对我实力的评估。我回国实在太匆忙了，当时真的做好了不被通过的准备，但没想到……结果会这么出乎意料。”

齐卿卿认真地听着，困意被赶走，晶亮的眼睛里闪着好看的光。她说：“那回国的时候，你为什么不再拖一拖呢？要是我，我就先赖着，哈哈哈哈！”

他凝眸看向她：“因为那时候有想见的人，害怕让她等得太久。”

这原本就是一场豪赌，他越过千山万水朝她奔去，是一个排山倒海般改变整个人生轨迹的决定。

齐卿卿感觉眼眶微热，她一直以为故事的最初是她单方面追逐他，不承想这份喜欢竟然是双向列车。她靠在他肩上，右手轻轻覆上他的手背，他翻转手掌和她十指相扣。

“你怎么知道我们一定会在一起？”她问。

他微笑着，看向车前蜿蜒盘旋的山路，缓缓道：“人生的变数很多，我能把握的却很少，恰巧你是我最想抓住的那个。”

幸而，孤注一掷之后站到了你身旁，那被放弃的一切也因此有了价值。那其余的，余生漫漫，我们再一同面对。

车子缓缓驶向2800米海拔处的招待中心，在这个太平洋正中央的热带小岛上，这个时候正巧是全年最冷的时节。下车时齐卿卿明显感觉到周围的空气比山下要稀薄得多，她用力地吸了一口气，被风里的凉意呛住。

温行止紧张地拍她的背：“怎么了，不舒服？”

“不是……”她咳得满脸通红，“被风呛了一下……”

虚惊一场。温行止等齐卿卿缓过气来，牵着她往招待中心走，一边走一边语重心长地叮嘱：“我们要先在这里待一天，让身体适应氧气稀薄的环境，明晚再往上登1400米，在冒纳凯阿峰顶进行观测。如果你有什么不舒服，一定要第一时间告诉我。”

刚踏进开着暖气的房子里，齐卿卿忽然觉得耳膜一胀，温行止的声音蓦地就远了。她表情迷茫地停住，问：“你说什么？”

温行止看着她，神色瞬间变了好几次：“不要吓我。这里没有专业医生……”

“又能听到了。”

“……”

有专门的接待人员来引领他们去准备好的房间，这个天文学家们的“临时寝室”建得小巧简约，好在硬件设施一应俱全。

温行止把行李和齐卿卿都安顿好之后，实在坐不住，翻出一小沓名片出门去了，二十分钟之后带回来一个高大精壮的外国人。

大概也是来观测的天文学家，齐卿卿听着温行止用流利的法语向他介绍自己，然后对她说：“这位先生曾经在巴黎大学学习过临床医学，我请他来给你看看耳朵。”

齐卿卿还没来得及问温行止怎么突然找来这位先生，就被法国大哥的专业架势唬住，乖乖做起检查来。没有专业仪器的辅助，这次会诊相当原始。结束后法国大哥转过脸和温行止说了几句，表示应该只是耳压平衡偶然出现问题，不需要太紧张。温行止一直紧绷的神色这才舒缓下来。

后来齐卿卿才知道，那天温行止实在害怕她的耳朵出问题，拿着那沓名片一间一间地去敲其他客房的门，请求有医诊经历的专业人士来帮忙看诊。她没法想象一直不喜欢社交的温行止主动去拜托别人帮忙的样子，只记得温行止送走那位法国大哥之后，转过身来紧紧抱着她，明明是舒了一口气，却更像是浑身的精力都被抽空了。他摸摸她的后脑勺，呢喃道：“幸好没事。”

“我的听力本来就不稳定，不用这么担心的。”齐卿卿枕在他胸口，虽然听不见他的心跳，但侧脸的皮肤感受得到他的温度和起伏的胸口，令人莫名心安。

“我不想让你在我身边时还受苦……”

齐卿卿搂住他的脖子，安慰他道：“不要给自己这么大的压力呀，能在你身边我已经很高兴了。”

“卿卿……”他低声唤她，漆黑的眸子里缀着深情，像星辰坠落大海，又像烟火照亮黑夜。

齐卿卿心里一动，大脑丧失了思考能力，踮起脚就吻了上去。唇瓣只贴合了片刻，她羞赧地往回躲。

温行止伸手揽住她的腰将人往回一捞，笑问：“你干什么？”

她理直气壮道：“不是你说要亲亲的吗？”

“我是叫你的名字，卿卿。”

会错意了，这下糗大了。她的脸红得一塌糊涂：“咳咳……大家都叫我齐卿来着……不过，如果你喜欢叫我卿卿的话，也没问题。”

他勾起嘴角，慢条斯理地回答：“如果，我每叫一次，你就吻我一次的话，我可以考虑。”

齐卿卿的大脑彻底充血了，窝在他怀里不停地谴责自己刚才实在不矜持，又听到他温温柔柔地唤了一声：“小女孩……”

她喜欢他这样叫她，像是一句能把她变成一个巴掌大小的瓷娃娃的魔咒一样，被他好生揣在口袋里捧着护着，无论怎样无理取闹都会得到无限温柔的宠溺和包容。她还没回答，便感觉到他的下巴顶在她的脑袋上，轻呼一口气，道：“一定要好好的啊，待在我身边。”

她笑意盈盈道：“你赶我，我还不走呢。”

她愿意承受代价，只要能与他并肩而立。

（5）

冒纳凯阿火山在当地的传统信仰中，是天空之神的栖息地。因为高海拔和接近赤道的绝佳位置，它被公认为是地球观测宇宙的最佳点，山顶建有十三个天文台，是现代天文学者们观测的最重要的基地之一。

晚上六点以后会有志愿者组织游客观星，但通常十点左右就结束。工作人员和游客们都会下山休息，只留天文学家们独自待在山顶。两人抵达后的第二天，吃过晚饭就准备登顶开始第一晚的观测。温行止嫌她带的衣服太薄，用他的毛衣和羽绒服把她里三层外三层地包了个遍。

被“打包”好的齐卿卿走起路来很是费劲，像是下一秒就要被自己绊倒，看得温行止怎么都忍不住笑意。

到达天文台时刚巧是日落时分，冒纳凯阿火山的山顶荒芜得寸草不生，天空却美得不像话，像一块把红、橘、黄三色洇染成巨大色块的调色盘。夕阳隐在云层里，日与夜正在眼前交替。

“不走吗？”她看了一眼，问站在身旁陪她的温行止。

“看会儿再进去也行，你是第一次来这里。”

齐卿卿定睛望向远处的地平线，问他：“你来过很多次了吗？”

“三次了。第一次来是十八岁的时候，那时还什么都不懂，扔下团队一个人跑上来，坐在石头上看了一整个下午的落日。”

“那时候你在想什么？”

他笑了一声：“什么都想了。又或许……什么都没想。”

往后便再没有人说话，两人并肩而立，一齐看太阳逐渐隐匿到地平线下。新月往天边浮动，苍穹之中开始显现出点点亮光。

“看来今天确实是个好日子。”往天文台入口处走时，温行止看起来心情不错。

这句话莫名耳熟，齐卿卿赶在脑海自动播放洗脑音乐前提问：“什么好日子？”

“观星讲究‘好天气’和‘好日子’。前者指天气晴朗、万里无云，后者指月色黯淡、星光闪耀。肉眼观星时代，二者缺一不可，但现代科技发达了，天气足够晴朗就够了。今晚的月相很好，适合观星。”

“如果不巧有云呢？”

“那就只能打道回府，等明天晚上了。”

“那如果一直有云呢？”

“那就只能谢谢惠顾，下次再来。重新向宇航局递交申请，但有可能第二年同行们的方案都写得很好，你成了被淘汰的那个。总之，不可控因素非常多。”

两人边聊着边往天文台里走，他和迎面走来的工作人员非常客套地寒暄了几句，随即开始了相关资料的交接。她看见许多穿着相同制服的工作人员成群结队地往外走，其中一个高瘦的白人男生向他们走来，淡淡地看了齐卿卿一眼，用英文问：“你是温教授的助理？”

齐卿卿忙不迭地点头，他又说：“我是温教授本次观测的望远镜操作员，教授本次使用的是凯克望远镜……”

“你、你稍等一下……”一堆专业名词轰炸得齐卿卿晕头转向，她躲到温行止身后去，气势全无地说，“教授，他找你……”

那位名叫恩佐的操作员显然愣了愣，神色稍有不解，但很快投入到工作对接中去。

在齐卿卿从前的想象中，天文学家们工作时永远是站在璀璨的星空下，架起一台巨大的天文望远镜，通过紧紧盯着目镜的双目来凝视遥远的宇宙。但现实比想象骨感太多，她连望远镜的影子都没看到不说，还被温行止拎进开足暖气的观测室里，周围连窗帘都拉得严丝合缝，她只能坐在一排排显示着各种数据的屏幕前发呆。

观测室里只有她、温行止和恩佐三个人，空气里响起的只有噼里啪啦敲键盘的声音。不知道过了多久，正当她抱着温行止的羽绒服小鸡啄米一般打起瞌睡时，蓦地感觉有一只手伸过来托住了她的下巴。

她睁眼，看到温行止似笑非笑的表情。他问：“这就困了？”

齐卿卿揉揉眼睛，温行止拿过她怀里的衣服穿上，道："我说了我的工作很无聊的，你还不信。走吧，带你到外面去看看星星。"

她看了一眼坐在仪器前的恩佐，问："你不工作了吗？"

"我的工作是把控天体位置和观测顺序，决定望远镜的曝光时间，然后对获得的数据进行预处理就可以了。其余的工作，都由恩佐来辅助完成。"

齐卿卿莫名就想起了建筑工人和建筑工程师的区别，二者虽然只差了两个字，工作内容却千差万别。跟着温行止走到观测室外，夜空苍茫，高亮度的天体都消失不见了，只留下无数的亮点洒在黑夜这一块无垠的幕布之上。

满天的繁星闪啊闪，齐卿卿仰着脑袋，所有星星都在此刻掉进她的眼睛里。她弯起眼睛笑道："我从来没见过这么多星星。"

温行止安静地立在她身侧，替她挡住寒风。她看向他，感觉此刻他就是近在咫尺的星星，她伸出手去就能触碰到他的光辉。

温行止说："我去过很多世界著名的天文台，也始终觉得冒纳凯阿的星空最美。站在 40% 的大气和 90% 的水蒸气之上，能看见的是最纯净的天空。"

齐卿卿忽然抓到话里的重点，跳过来抱住他的腰，笑眯眯地说："那我以后跟着你，是不是就能环游全世界了？"

"理论上是没问题，前提是你不嫌我的工作无趣的话。"

齐卿卿望着温行止的侧脸，像是一颗向往星星的小小微尘，在每一个喜欢他的时刻里都能感受到幸福和满足。她说："这样的工作谁会觉得无趣啊？"

"当然会有很多不足的地方，哪个职业都是如此。我小时候就是在对爸爸能赶紧从天文台回家的盼望里长大的，后来成熟了一些，跟着老师跑项目，迷过路、受过伤，最严重的一次直接摔断了右腿。为了数据、文献和项目资料熬夜就更是家常便饭了。"

齐卿卿很少听温行止说起他的以往，此刻他轻描淡写地说着，仅仅几句话，就已经揪住她的心。

"你父亲也是天文学家吗？"

"嗯。我母亲年轻时到山上写生，车子抛锚了，正好遇上我父亲路过，一切水到渠成。"

齐卿卿想了想，眼神闪亮亮的："感觉很浪漫哎……"

"听起来是这样。但事实是，天文台的驻站科学家，生活里除了工作以外就什么都没有了。一旦结婚生子，最辛苦的也是太太。要么分居两地，要么带着孩子来山区、郊区生活，但如果想让孩子接受好的教育，后者显然是不可选的。起码，我母亲没有那么选。所以我小时候就是父亲离家，母亲忙着工作加班，甚至经常没人记得来接我放学。有一次我自己回到家发现没带钥匙，就躲在车库里睡觉，喂了一晚上的蚊子。天亮之后发现妈妈已经回来了，但是她工作太累，高跟鞋都没脱就躺在沙发上睡着了。我给她盖了被子，洗漱之后又自己一个人去上学了。”

即便是受众人瞩目的天才，也必须经受孤独和苦痛的考验。只是到最后，他选择拍了拍身上的尘土，一声不吭地继续往前走，没有多提一分的埋怨和不满。齐卿卿感受着他的温度，像是此刻宇宙的温柔都在他手中流淌。

“那，你父亲现在还在天文台工作吗？”

“我弟弟出生时他就回归人间了，现在也是个每天送老婆上班、买菜做饭、逗学生的人民教师。”

齐卿卿果然被他逗笑：“哈哈哈，那不也挺好的吗？”

温行止不置可否，嘴角含着温柔的笑意。他说：“父亲说，他是把梦想寄托给我了。”

“什么梦想？”

“成为著名的天文物理学家。”

“你不是已经做到了吗？”

他果然摇头否认，即便已经拥有那样多的光环加持，他仍是温和内敛的低调做派，斯为泰山而不骄。

温行止说：“是否著名倒不重要，名利皆虚，它带来的实质性的东西究竟有多少，也只有自己最清楚。我从事的工作，是要探索宇宙在 138 亿年间写下的豪迈历史。但太空那么遥远，我们看到的太阳都是它 8 分钟前的模样。有时候就会怀疑，自己所做的到底是什么？会不会完全就会陷入‘哥德尔不完全性定理’的悖论？”他停了一下，又问，“你知道这个定理吗？”

“知道啊。”这可是现代逻辑史上的里程碑，她在书上多多少少都有读到过，“‘哥德尔不完全性定理’认为，在一个逻辑严密且自洽的形式系统中，一定都存在一个命题，它不能被证实，也不能被证伪。真与可证是两个概念。”

“对。这也就意味着，在我们的世界里，知识是存在边界的，至少在数学领域中是这样。现代科学不断发展，人们也逐渐意识到，科学本身是具有局限的，但宇宙却处在永不停息的变化之中，我们所接触到的知识、规律、文化，只不过是茫茫太空中一粒微不足道的沙。但，尽管如此，我还是选择了这个职业。”

“为什么？”

“因为我无法抵抗想了解宇宙的愿望。因为我和所有渴望摆脱世俗束缚的人类一样，渴望在这些杂乱的全景星空中建立属于我们的秩序。尽管我们所捕捉到的一切在未来很有可能会被证伪，但起码现在，我认为它是有意义的。”他柔声说着，扬起下巴深深地凝视着这片星空，“人类是最痴迷于规律的生物。”

齐卿卿发觉温行止每次聊到天文学时，眼睛里就像是有盏小小的灯被点亮了，发出清亮柔和的光。

“教授，你还记得唯温行止主义的核心观点吗？”

他低低地笑：“记得啊。”

齐卿卿看着他的笑容，像是把所有的深情都凝在那一个眼神里，琥珀色的瞳孔中铺满绵绵的爱意。她重复了一遍，又像是重新许下这份约定：“从今往后，你守护星星，我守护你。”

温行止闻言呼吸都软了：“那谁来守护你呢？”

她被问住，想了几秒，仰起笑脸看向满天闪耀的星群，说：“星星会守护我的。”

温行止又笑她傻，低下来轻轻吻她的发。后来他说，正是那句话给了他重新追逐星空的勇气。那是他一生中听过的最浪漫的情话，尽管只是他的小女孩傻乎乎说的一句漏洞百出的悖论。

（6）

前半夜的观测非常顺利，收集到的数据通过仪器源源不断地汇入电脑，随着夜渐渐变深，齐卿卿感觉越来越疲惫。观星的第一晚通常最难熬，不仅要适应峰顶缺氧的环境，还要忍受颠倒作息带来的生理上的煎熬。

恩佐看了一眼正专注工作的温行止，又扫了一眼表，抬手招呼那个一晚上除了发呆和玩手机什么都没做的小助理某卿，毫不客气地说道：“隔壁有小厨房，里面有咖啡、茶和各种食材，你去给教授煮点吃的。另外，我要一杯速溶咖啡。”

齐卿卿领命，套上外套钻进厨房。二十分钟后，端出来一盘烤土司、三个苹果和三杯咖啡。推开观测室的大门时，看见温行止和恩佐正伏在电脑前讨论着什么，其气氛之热烈居今夜之首，不知道是观测到了什么了不得的事。

齐卿卿端着托盘走近，还没来得及开口说话，恩佐突然站直转身和她撞上，托盘被打翻在地，三杯咖啡洒了满地。

齐卿卿蒙了，温行止第一反应是伸手把她拉开，确认她没被烫到之后才和吓得吱哇乱叫的恩佐一起收拾事故现场。幸好没殃及仪器和电脑，齐卿卿去厨房拿来抹布想要帮忙清理，站在门外听见怒气冲天的恩佐说：“教授，你是受过最规范的学术训练的科学家，我不明白你为什么要雇这样一个助理？”

委屈霎时涌上来，又自觉闯下这么糗的祸的确没脸见人，她正要缩回推门的手，温行止的声音不咸不淡地传出来：“She is my fiancee.No matter how wrong she is,it is my fault.I’m sorry.（她是我的未婚妻。她的错等同于我的错。我很抱歉。）”

Fi——Fiancee？

齐卿卿感觉恩佐此刻那句“Oh my god”真是说出了她的心声。虽然她知道这是为了保全她颜面才有的说辞，但心跳仍然不受控地超过了可承受范围，比登上这座四千米高的火山还要让她觉得缺氧。原地深呼吸三次她才终于推门进去，第一眼看见温行止的耳朵蓦地变成粉红色，也没忍住跟着红了脸。

天大亮两人才下山，到接待中心草草吃了早饭，回房准备睡觉。温行止先洗澡，齐卿卿躺在床上翻来覆去地回想他那句“She is my fiancee”，开心得一直捂着嘴傻乐。

温行止走进卧室的那一刻她瞅准时机扑了上去，攀着他的肩坏笑着挑起他的下巴：“洗干净了？去床上等着朕。”

温行止淡淡地看了她一眼，给出评价：“虎狼之词。”

“话不是这么说啊。既然我都是你的Fiancee了，那我们是不是也应该有那么一点生米煮成熟饭的思想觉悟……”

被调戏的温行止直接从脸红到脖子根：“你离我远点儿！”

（7）

离开冒纳凯阿火山时，是第六天的傍晚。天色刚刚暗淡下去，万物几将休眠，齐卿卿想起这座火山的神祇传说，双手合十低声开始祈祷。温行止静静地等她呢喃完，笑道：“在许愿？”

她点头。

“那你还不如多求求我，可能实现得更快一些。”

立马领悟的齐卿卿骨碌碌转了一下眼睛，然后带着狡黠的笑意盯着他：“那我求你——”

“吃路边烤串免谈。”

“不是你说的求你能更快实现的吗？”

“在夏威夷许愿可不能延伸回国。”

“那你这个神根本就是半桶水嘛！”

“谁说的？我能发现小行星，神不一定可以啊。”

她郁闷地撇嘴，突然察觉他说的话有点不对劲儿：“等一下，你什么时候发现的小行星？”

“前天晚上。”

静默三秒，齐卿卿利用在缺氧条件下仅存的几个脑细胞想明白了当下的状况，爆了一句粗口，直接跳进温行止怀里：“我去，这也太……太厉害了吧？！”

“夸错重点了。”

齐卿卿立马把重点移到他身上：“你为什么这么厉害啊？！”

温行止发现自己在她面前已经连偶尔的那点小得意都不想隐藏了，毫无愧色地承认：“因为聪明。”

“你怎么这么跩啊？”

“仗着你喜欢我。”

“那我怎么会这么喜欢你啊？”

“因为……”他想了想，“力的作用是相互的，爱情也一样。”

——所以，你这么喜欢我，是因为我也同样这么喜欢你啊。

Chapter 11

the Galaxy and his cat

"往后我每一次凝望星空，
都是在凝望你。"

（1）

二月末尾，空气里开始飘浮出一股属于春天的气息。立春过后微雨蒙蒙，吃春菠的季节到了。齐卿卿坐在温行止最喜欢的家常小饭馆里，托腮看对面正翻着菜单的温教授。白衬衫配米白色针织马甲，衬着仿古式的笼灯，极有意蕴。

油淋菠菜刚上，齐卿卿听到温行止说他家人过来了。她以为又是小温来蹭饭，还寻思着怎么才月初就连老本都花光了。五分钟后，她看着眼前一身高定商务套裙的温妈妈，惊得椰子汁尽数呛在喉咙里。

他也太喜欢趁她毫无防备的时候向她投放深海炸弹了！真是腹黑起来连自己女朋友都坑啊！

温妈妈优雅地落座，正在咳嗽的齐卿卿被温行止抚了半晌才停歇，涨红着一张脸去看坐在对面的妇人。极美，美在风骨，一颦一笑间是普通人学都学不来的雍容气质，眼睛和温行止一样是墨色的，犹如荧光流转的黑曜石。

齐卿卿慌慌张张地起身问好，温妈妈客套而疏离地回应着，扫了一眼她跟前吃剩的骨头，道："这孩子，看着瘦瘦小小的，胃口倒好。"

这是在嫌她吃得多吗？！齐卿卿尴尬地埋下头，放在桌下的手指不自觉地绞起来。她上一次这么紧张，还是在波士顿第一次和温行止一起吃饭的时候……

温妈妈轻咳一声，开口问："小齐今年多大了？"

"过完年虚岁二十二了，阿姨。"

"读几年级来着？"

"大三。"

"我记得我们家哥哥二十二岁的时候，已经快要博士毕业，正在考虑是留校任教，还是回国发展了。"

齐卿卿讪笑道："教授的高度自然不是常人所能及的。"

温妈妈露出回忆的神色："他啊，从小就是个书呆子。学什么不好，非喜欢跟着他爸爸往山顶上跑，连抓周都是抱着望远镜不撒手。从幼儿园开始就有小女孩给他递糖果，他嫌人家不会算十进制加减法，愣是把糖果给人家还了回去。”

被掀了老底的温教授甚是无奈地扶额：“还回去是因为我本来就不打算接受她的糖果……”

“呵呵，总之这么多年，对你有心思的姑娘，我就没见着有好下场的。”

“我不喜欢人家，拖着反而更痛苦，直接拒绝对她们来说才是好事。”

“你看看，到现在还是这么死脑筋。小齐，和这种呆子谈恋爱，不累吗？”

眼看着对话的走向越来越奇怪，这温妈妈好像有些不走寻常路啊。齐卿卿蒙了，没经过大脑思考就直接给出了答案：“不累啊，阿姨，我喜欢他这样。”

诡异地静默了三秒，最终是温行止没憋住的笑声打破了沉默。

第一回合，齐卿卿险胜。

服务员端上一道清炒虾仁和刚泡好的花茶，齐卿卿起身给温妈妈斟了一杯，眼看着她精致的脸庞隐没在袅袅的茶雾背后，逐渐看不真切。

桌上的氛围十分微妙，香气扑鼻的清炒虾仁无人问津，温行止置身事外一般淡定地拿起筷子把虾肉一块块地往齐卿卿碗里夹。温妈妈抿了一小口茶，再开口时话锋显然指向温行止：“哥哥，我给小齐买的见面礼落在车上了,你去替我取来,就在副驾驶座上放着。”

温行止深知这是调虎离山之计，面不改色地回一句：“不急，待会儿吃完饭了，我和卿卿一块儿陪您回车上拿。”

“我现在就想送，你快去。”

不容置喙的口吻，温妈妈果然和温行止之前描述的一样强势。齐卿卿生怕气氛尴尬，赶紧伸手握了握温行止，两人交换了一个眼神，温妈妈适时地补一句：“你放心，我不会把小齐给吃了。”

温行止这才起身，拿过妈妈的车钥匙匆匆离去。

剩下齐卿卿在原地和温妈妈大眼瞪小眼。她的思绪还停留在温妈妈刚才那句话上，脑海里浮现出一幅《农神萨图尔吞子图》，不禁打了个寒噤。温妈妈依旧微微笑着，继续盘问她：“小齐，那大学毕业之后你有什么打算？”

该来的还是来了。看着温行止留下的满碗的虾肉，齐卿卿像在面对手握她生死大权的面试官一样，鼓足勇气回答：“按照目前的情况来看，应该可以顺利保研。如果攻读顺利的话，我会申请硕博连读，博士期间打算出国交换访学，回国之后就可以直接留校任教了。”

“挺好的。那你觉得，我们家哥哥以后要怎么配合你的脚步呢？”

“他的人生，应该由他自己决定，而不是只拿来配合我的脚步。我希望他选择自己喜欢做的事，不管是什么我都愿意支持他。”

“胆子倒挺大。不怕异地恋吗？”

莫名的不安感倏地压上心头，齐卿卿怔了怔，还是照实回答：“说实话，怕。但是阿姨，我对他的信任更多。”

“虽然你信任他，但你没想过自己吗？生病的时候，需要有人陪的时候，逢年过节所有人都在晒幸福而只有你孤家寡人的时候，他却远在大洋彼岸的另一边，你不害怕吗？”

“怕啊！但是我觉得，对于两个拼尽全力都想互相靠近的人来说，分离不会是常态。我已经是大人了，他不在的时候，我可以照顾好自己的。如果实在顶不住了，我就追过去，赖着他，死活要他来照顾我就好了。”

温妈妈失笑，齐卿卿没看懂她的表情，好像带着点轻蔑，但更像是真的觉得开心。那这第二回合，两人勉强打个平手？

静默片刻，温妈妈又问：“哥哥是为你回国的，这件事你知道吗？”

“回国是他考量之后做的决定，我只是催化剂吧。”

“倒是跟他的说辞一模一样。那现在，他在研究所的项目快结项了，有没有和你聊过他往后的工作？”

“他说还在考虑当中。”

温妈妈见她确实坦诚，便也退一步，直奔主题：“现在他的邮箱里堆着大大小小几十封工作邀请，但是为了你他一拖再拖。小齐，这件事哥哥本来不让我干涉，按照他的性子我也干涉不来，但是他的感情经历实在太少太单纯，所以，阿姨只能来和你谈谈。小齐，爱情是双向的付出。他为了能让你们有机会开始，搁置了那么好的工作和光明的未来，现在转折点出现了，我不希望看到他真的为了你收敛自己的光芒。”

齐卿卿安静地听完，看见温妈妈的表情显然柔和了许多，就知道温妈妈和自己妈妈一样，都是刀子嘴豆腐心的主儿。于是她眨了眨眼睛，故意耍宝道：“阿姨，接下来您该不会就要掏出支票，给我一千万让我离开您儿子吧？”

温妈妈先是一怔，差点笑出来：“阿姨没钱。”

齐卿卿显然有些失望：“我还想说我一定会答应您的，然后拿着这些钱继续和教授藕断丝连呢……”

温妈妈忍俊不禁：“你这小丫头片子，脑子里都装着些什么奇奇怪怪的事儿呢？”

气压总算没那么低了，齐卿卿陪着温妈妈一起笑起来，最后乖乖巧巧地应承道：“阿姨，我明白您的意思，我会和教授好好谈谈的。毕竟，我也最喜欢他光芒万丈的样子了。”

温妈妈闻言，看她的眼神果然变了，隐隐流露出一股子和蔼和欣赏，心道这样的姑娘果然适合哥哥，什么情绪都写在脸上，天真之中又透出一股子机灵劲儿，最吃得住哥哥那种什么都憋在心里的性格。

“你真的有信心追上哥哥的脚步吗？”

齐卿卿笑得比窗外的阳光还要明媚：“阿姨放心，追他我最在行了。”

于是画风彻底改变了，当温行止气喘吁吁地拿着礼物赶回来时，听到的是原本来势汹汹而来的妈妈压着声音向齐卿卿传授经验：“哥哥内向，有事儿也不爱说，闹了小脾气你就多哄哄。只要哄住了，其他的不管什么，他指定全都听你的。”

温行止把小礼袋往桌上一放，舒了一口气抱臂道：“我是那么没原则的人吗？”

齐卿卿听到他的声音，目光马上移过来，原本就漂亮的笑脸上多了一份绵绵的爱意与温柔，生生把他笑得没了脾气。

温妈妈把礼物袋递给齐卿卿。齐卿卿接过后打开，是一瓶名牌护手霜。独特的外包装设计得像一枚白色的鹅卵石，握在手里小小巧巧的，颜值颇高。温妈妈说：“听哥哥说你非常喜欢大提琴，平时练琴也很刻苦努力。拉大提琴最辛苦的就是那双手，希望你好好爱护。”

细枝末节的关心最打动人，齐卿卿拿着礼物很是感动地道谢，心想，果然是内心真正温柔的妈妈，才能抚养出这样温柔的儿子啊。

饭后，两人本想一起送温妈妈，被温妈妈以“三个人一块儿去取车多麻烦”为理由拒绝。

离开前，温妈妈不停地叮嘱着温行止一些生活里的琐碎事，齐卿卿在一旁陪着听，只笑着不说话。最后温妈妈拎起包，看了一眼齐卿卿，熟络道：“小齐，阿姨走了，有空来家里吃饭。”

齐卿卿心底一动，忍着内心的雀跃一直到温妈妈走远才大笑出来：“阿姨刚才那句话是倒戈了吧？倒戈了吧？”

温行止勾起嘴角：“至少，不在敌方阵营当中了。”

“我们还有敌方阵营？”

“现在没了。我母亲本来一个人顶一个师。”

齐卿卿更得意了：“那我岂不是有去当谈判官的潜质？像诸葛

亮那样的，羽扇纶巾，谈笑间樯橹灰飞烟灭……”

“嗯瑟。”他恶作剧一般揉乱她的头发，“这说的是周瑜。周瑜也不是谈判官，笨蛋。”

齐卿卿丝毫不介意，她连温行止无奈地笑着纠正她的样子都觉得好喜欢，心想自己真是无可救药了。只是她不知道的是，在见面之前，温行止已经多次做过了温妈妈的思想工作。母子俩三百六十度全方位多角度无死角地进行了无数次辩论，他才终于稳住了妈妈的心态，决定让妈妈真正和齐卿卿接触一下，才能真正地消除成见和误解。

否则的话，他不可能贸贸然地就允许“敌人”深入心腹，直接来让他的小女孩难堪。

（2）

温行止负责的项目结项那天，阳光很好，齐卿卿陪着他把办公室的物件都收进一个小小的棕色纸箱里，然后和特意来送别的同事们一一道别。她听见头发花白的副所长悄悄地挽留温行止：“留任的事，真的不再考虑一下吗？”

他客气而笃定道：“想再出去闯几年，试一试自己能做到哪里。不过，回国是一定会回的，您老放心。”

两人出了研究所大楼，照常往地铁口走去。齐卿卿想活跃一下气氛，故意逗温行止：“教授，你现在可是无业游民了啊，要靠我养的，不许再毒舌我了！”

“是吗？那你打算怎么养我？”

一句话把齐卿卿问住，她支支吾吾半天：“我去地铁口拉琴，你负责收钱？”

“出卖色相的事我可不干。”

“拜托，辛辛苦苦卖艺的是我好不好？”

“是吗？那你怎么能保证给钱的人都是因为你拉得好，而不是因为我长得好呢？”

“我觉得给钱的都是因为你长得好……”

“那不就成了我在养你吗？”

“……”

齐卿卿无话可说了，每次这样和他说完话，她都会深深地怀疑人生，感觉全世界都是一个圈，绕到最终点还是温行止三个字……于是她换了个话题，问：“哎，波士顿的春天冷吗？”

“嗯。偶尔下雨。”

“那你右腿岂不是会疼？”

“不会，没有落下病根。”

她的话题相当跳跃："噢，那你在波士顿的公寓离波士顿音乐学院远吗？"

"不远。波士顿也就那么大。"

"行，那我先给你买几条秋裤吧，带过去穿着暖，骨头受过伤的部位还是得悠着点儿。还有，你要答应我，以后每天都要送我去上学。作为报答，我会负责给你做早餐。"

温行止蓦地停住，难以置信地盯着她看了整整五秒钟。

齐卿卿看着他眼睛里有惊愕、了然、欣喜和难以言说的柔软依次闪过，最后他一字一顿地问："齐卿卿，你是认真的？"

"当然啊。不过这家音乐学院的门槛也很高，准备资料都要好长一段时间呢，所以要先麻烦你过去那边等等我啦。"

对于温行止来说，在世界顶尖的天文台常驻、任教于世界最高的学府，是让他能够继续在他的领域创造成绩的最好条件。

温行止抱着纸箱，看着眼前刚到他肩膀的小姑娘，心里热热的，只剩下无尽的动容和柔软。他向来不是个擅长表露情绪的人，这个小女孩带着一身的光和热闯进他的世界里，她理解他、心疼他、毫无保留地支持他。即便他在感情里偶尔笨拙无措，她也还是带着纯挚的心一如既往地喜欢着他。明明那样瘦小，却敢伸手来牵住他，说，我守护你。

这份沉甸甸的喜欢，他知道珍贵，因而也尤其珍之重之。

最后，他轻叹一口气，说："我母亲果然没说错。"

"哈？"

"我在你这里果然没有原则。我现在在想，不管你有什么愿望，我都愿意满足。因为在我心里，你的重要性在这一刻超过了我所拥有的所有。"

我什么都想给你，只要你愿意一直在我身边。

他从容笃定地说完，齐卿卿头一次觉得这个人说起情话来都有种科学家特有的理性感，眨巴着眼睛想了三秒，龇牙坏笑："那烤串……"

一举击中温行止的命门，他痛苦地闭眼："现在大中午的，哪里会有烤串……"

"只要想吃，肯定找得到！"说罢，她拉起温行止的衣袖就要往大学城的美食中心出发。

没走几步，温行止又说："等等，我还有一句话想说。"

"什么？"齐卿卿以为又是什么理工男专属的好听话，瞪大了一双圆溜溜的眼睛期待着，结果他来了一句："秋裤就不必了。"

齐卿卿："……"

（3）

温行止离开的那天是惊蛰，春雷初响，雨不停歇地下着。齐卿卿去机场送他和落日，安静地看他背着猫包和温仰止拥抱告别，最后朝她微微张开双臂。

齐卿卿一声不吭地靠过去，越过温行止的手臂看到隔壁安检口的一对情侣，是女生要走，男生哭得稀里哗啦的，又亲又抱，不肯放手。

齐卿卿抬头问温行止："你怎么不哭呢？"

"是我走，要哭也应该是你哭吧？"

"就是因为是你走，才更要因为舍不得我而泣不成声啊。"

温行止气得笑了："你很希望我哭？"

"那倒不是。"齐卿卿抱紧他，把脸贴到他胸膛上，闷闷道，"我就是想看看你舍不得我是什么样子。"

温行止把她从怀里捞出来，扶住她的肩让她正视自己："就是现在这个样子，你看仔细了。"

齐卿卿撇撇嘴，刚想说"那和平时也没什么区别嘛"，却看到他立刻倾身吻上来。

一旁的温仰止自觉地抬起手绝望地捂住眼睛：我究竟是有多饿得慌才会千里迢迢来吃这碗狗粮……

（4）

和一般的异国恋也没什么两样，不间断的聊天和能开着绝对不挂的视频电话，手机时间也调成对方所在的时区，仿佛看着上面的数字就能够知道对方此时在做些什么。齐卿卿照常上课生活，多数时候都是温行止迁就着她的时差，在深夜里熬着不睡陪她说话。

有时齐卿卿失眠，他就会暂时放下手头上的工作陪陪她。听她抱怨食堂换的新厨子做菜特别难吃，和她一起吐槽书上根本不好笑的冷笑话。有一天晚上齐卿卿做噩梦半夜惊醒，一摸手机，看到波士顿此刻的时间是下午三点半。

她几乎是下意识地拨给温行止，视频很快接通，还有些摇晃的镜头里能看见深灰色的西服，他未言先笑，笑声响在耳边，像他从前温柔轻和的吻。她立刻酸了鼻子，低喃一声：“教授……”

他觉察出她情绪不对，关切地问：“怎么了？”

“我做噩梦了……”

本该有个拥抱，但无力完成。他只能柔声安慰她：“不怕，我在这儿呢。”说完自己都觉得无力。他是在，却是在十三个时区之外，在直线距离一万两千多公里之外的异国他乡。

但是齐卿卿很受用，她缩在被窝里翻了个身，盯着屏幕里的俊脸问：“你在做什么？”

他正走向车库准备取车，如实答道：“刚下课，准备去天文台。”

齐卿卿才想起来这是他的工作时间，忙把情绪都咽回肚子里，细声说：“那你忙吧……”

“我陪着你。”他停了一下，把手机放到驾驶座旁的支架上，刚好对准他的脸，“一起说说话，就不害怕了。”

齐卿卿这才有了点笑意，心里软乎乎的，像是温行止真的就在自己身旁。她拉过床上的一个毛绒玩具紧紧抱住，开始和他闲聊：“你刚才上课和学生讲了什么？我想听听看。”

“好啊。想听中文版，还是英文版？”

“中文版吧，太多专业英文词汇我没学过，听不明白。”

“行。那今天我们一起来了解一下 EPR 佯谬。”他果真开始讲起课来，语气一改私下面对她时的那种柔和软糯，换成主播一般字正腔圆的腔调，“佯谬认为，若将两粒来自同一光束的光子分开，即便经历几万光年的距离，发生在其中一粒光子上的事情，仍然能够在另一粒光子上反映出来，二者互相弥补，总体守恒。这种极强的关联性是超越空间和时间的。这就从根本上否定了‘局部’的概念……”

好学生小齐及时提问：“这怎么否定得了？”

温教授换了一种讲述方式，游刃有余地答道：“对人类来说，几万光年的距离难以逾越，但对光子而言，可能仍然处在同一处，根本没有这里或者那里的分别。”

齐卿卿恍然大悟：“原来是这个意思啊……”

他不知道为什么笑了一声，像是害羞，补充道：“所以也可以理解为，我们现在就在同一处，我就在你身边。所以小女孩，不用害怕。”

像是温暖和力量跟随着他的声音波被注进了身体里，原本疲惫惶恐的心情被彻底治愈。她在被窝里抱着手机笑出来：“教授，要是你当我的物理老师，我物理一定每次都能拿满分。”

他笑：“傻瓜。”

然后是车钥匙转动的声音、引擎发动的声音，车辆往目的地驶去的声音。齐卿卿莫名地心安，就这样听着他的声响居然也会觉得满足，不知不觉就再次睡了过去。

再醒来时已经是第二天早上，视频还没挂，她看见落日雪白的肚皮，像是刚好站在摄像头上面。

温行止听到她起床的声响，扶正手机让她看屋子里的景象：“早安，小女孩。我们回到家啦。”

相隔一万多公里也能一起回家的感觉，真好啊。

(5)

盛夏在不知不觉中到来，今年的夏天尤其热，寝室那台老化多年的空调制冷能力也直线下降，午睡时被热醒简直是常事。报修解决不了问题，齐卿卿烦躁不已，温行止知道后还格外轻松地说：“波士顿现在还不是很热。”

齐卿卿气呼呼地拍蚊子：“蚊子也好多，烦死了。”

他仍然无动无衷：“波士顿很少蚊子。”

“行了行了，波士顿简直是天堂吧？没蚊子，不热，还有温行止。”

他笑得眯起眼。

第二天，齐卿卿突然收到好多个包裹，还纳闷自己最近没怎么网购啊，她费了九牛二虎之力搬回寝室拆开，是各色清凉油、花露水、驱蚊器和小风扇。

想都不用想就知道是出自谁之手。

“我用不到这些，不知道哪种好用，就挑了一些看起来还不错的，都买了给你试试。”温教授轻描淡写道，但是那种很小的事情都被千里之外的人记挂着，然后想尽办法帮你解决的感觉，真是太窝心了。

大四之后，齐卿卿才真正进入备考阶段。煎蛋开始忙着申请保研，齐卿卿向波士顿音乐学院递交的申请也终于在最后阶段被通过，收到了前往波士顿试音和面试的通知。她迫不及待地飞去波士顿，在数月漫长的分别之后终于又见到了温行止。

他仍是那样，面容温和清瘦，眉宇间一片寡淡，只是头发长了些许，穿着一身她没有见过的衣服。她在到达大厅狂奔向他，直到被拥进温度熟悉的怀抱里，鼻尖闻到专属他的气息时，才终于确定，这是她的温教授。

鼻腔酸酸的，她尽力控制自己不要哭出来，否则三天后的分离会变得更加难以承受。他轻轻地把下巴磕在她脑袋上，说：“我突然感觉波士顿天亮了。”

数百天的思念终究化成泪水掉出来，但幸好这次哭泣时，有他在身边了。

这么久没见，落日仍然记得齐卿卿，在打开公寓门的那一刻就爬起来，用它所能做到的最快速度奔向她。她笑着蹲下去把落日抱起来，问温行止：“你刚才在机场看到我跑过来，是不是也是这种心情啊？”

温行止笑着揉揉她的发顶:“我在想,我的小猪终于来拱我了。”

“过分！我现在身价涨了，不想当猪了。”

“现在国内猪肉是挺贵的，但你也不能因此太飘飘然啊。”

“这叫菜市场鄙视链好不好，我可是站在鄙视链最顶端的！”

“是是是。”他无奈地应承着，终于把手里的行李都安放好了，才走到她身边捏捏落日的小肉爪，“抱够妈妈了没？轮到我了。”

齐卿卿笑着窝进温行止怀里。

清晨就要起床赶去面试，齐卿卿借口倒时差赖床，果然没赶上给温行止做早餐。作息雷打不动的温教授慢条斯理地收拾好她面试要用的各类证件和资料，齐卿卿后知后觉地顶着鸡窝头冲出来时，他正坐在沙发上边喝咖啡，边翻阅着当天的早报。

“我要迟到了，我要迟到了，我要迟到了！”

“琴和资料我都收拾好了，就放在桌上。你洗漱完，换好衣服，我们就可以出发了，路上你还能吃个早餐。”

刹那间，齐卿卿觉得温行止身上笼罩着的不是朝阳的光辉，而是救世主一般耀眼的圣光。她火速地进洗手间收拾好自己，再出来时第一件事是冲到温行止身前，弯下腰直接亲了他一口。

“我好喜欢在你身边的感觉，什么都不用想，什么都有你帮我搞定。”

“那你就要搞清楚，到底是喜欢我多一点，还是喜欢什么都不用想多一点了。”

她琥珀色的眼珠子滴溜转了一下：“小孩儿才做选择，大人是全都要！”

他好整以暇地叠好报纸，起身要走：“那就麻烦齐大人待会儿自己开车去考场吧。”

齐卿卿马上从背后抱住他，撒着娇认错：“我错了，我错了，当然是喜欢温教授多一点啊！”

落日被吵醒，发出不满的“喵呜”声，厨房里的面包机也刚好吐出烤好的吐司。齐卿卿吵吵闹闹的声音连同其他的声响一同填满整间屋子，一切都和此前每一个只有他的孤寂清晨完全不同。温行止转过身来把她扣进怀里，眯起眼睛看落地窗外的日出时，终于觉得，自己和这人间烟火，原来是有所关联的。

直到傍晚面试才结束，波士顿音乐学院惜才，无论面试通过与否都会在第二天通知考生结果。齐卿卿出来时一眼看到温行止的车，走近后，看到驾驶位上的他正戴着耳机听音乐，手里翻着一本巴掌大小的书。

她轻叩车窗，温行止看见她，扯掉耳机下车来帮她放琴。她坐上副驾驶座，看见他耳机连接的竟然是一个黑色的老旧CD随身听，光驱里放着的是她和程之栩的专辑。

“你还有这么老的物件啊？”

“哪里老？我十六岁出国那年买的，一次都没坏过。”

这个人啊，念旧、专一、深情、惜物，在物件更新换代日新月异的时代里，连一个CD随身听都能好生地用上八九年。

他放好琴盒坐回车上，在引擎发动时，问了一句：“面试还顺利吗？”

齐卿卿给了他一个“当然”的眼神。车子缓缓向前，驶过金色的查尔斯河畔。远远地，齐卿卿望见河边有一对老夫妻正抱着猫散步。老奶奶不知怎的有点闹小情绪，停了下来，老爷爷耐心无限地抱着猫回来牵她。

齐卿卿说：“好像我们啊。”她老了也肯定会对温行止耍小脾气。

温行止看了一眼，旋即浮出温柔的笑痕。他腾出一只手来牵她，夕阳的余晖洒满视线，她和他十指相扣。

他说：“是啊。等我们老了，肯定也是这样。”

共度余生的愿望在此刻显得分外强烈。

隔天在温行止的办公室查询到录取通知，齐卿卿激动得差点想到楼下绕圈跑个几千米，跳起来准备给温行止一个大大的熊抱时，看见他那张仍然波澜不惊的脸。

他说："录取了就好。下班了，想想待会儿吃什么？"

齐卿卿跟着他走出办公室："大哥，你都不激动的吗？我录取了，我录取了啊！"

他瞥她一眼："我从来不为已知一定会发生的事情激动，好比十四岁时收到本科 offer，一样是意料之中的事。"

我的乖乖，十四岁就能去顶尖的大学上本科，一般人遇到这种事做梦都会笑醒吧？！

但她还是觉得很兴奋，抱住温行止的手臂继续激动："我淡定不了啊！我能来波士顿了，我可以和你一起生活了！"

这句话一出，温行止倒是怔了怔。略一思索后，笑意终于在脸上泛开，他说："你这么说，倒是让我开始对生活充满了期待。"

他习惯了有条不紊的生活，一切按部就班，所有的变量都控制在自己手中，自律得就像机器人。这是第一次，当有一个人说要进入他的人生、和他一起生活时，他在脑海里推演出关于她的画面，心底生出了难以抵抗的向往和期待。

（6）

六月，又一年的盛夏离别。K大校道旁的樟树变得格外繁盛，无数个代表莘莘学子美好愿景的气球被放飞，毕业典礼挤掉生活中所有的琐事，当仁不让地成了主角。

和温行止约好了在毕业典礼的前一天见面，现在典礼倒计时还剩三天。齐卿卿每天掰着手指头算日子，看着在校内实习当助教的煎蛋每天被温仰止接走又送回来，一碗接着一碗的狗粮被塞进嘴里，竟然也是该死的甜美。

这一晚她正在寝室熨着典礼要穿的学士服，看见煎蛋捧着一束花美滋滋地回来，两个人互相揶揄一番。

齐卿卿给温行止发消息：“小温真是黏人啊，每天变着花样给煎蛋制造惊喜，你们兄弟俩怎么就反差那么大呢？”

他回：“懂了，你是在嫌我不会制造惊喜。”

齐卿卿望天：“我可没这么说啊！”

他说：“细水长流，方是真理。”

“真理，我饿了。”

“给你点个外卖。”

“好嘞。我爱真理！”

半小时后，温行止发消息："到了，在你寝室楼下。"

齐卿卿心道什么外卖这么快，而且这次他怎么没填她的手机号？

她来不及多想，趿拉着拖鞋就下楼去了，一到门口便看见立在夜色里的温行止。

她差点拔腿就跑——这是梦吗？还是全息投影的？她穿着皱巴巴的睡衣，头也没洗好不好？虽说她的丑样子，温行止也见多了，但是隔了这么久没见面，能不能让她有个好点的形象？

她又惊又喜地愣在门口，温行止站在原地笑着看她，微微抬手一招，她立刻飞奔过去："不是说过几天才回来吗？"

"事情办妥了，迫不及待想来送惊喜。"

"什么惊喜？"

"典礼那天你就知道了。现在送的是我这份大礼。"

她攀着温行止的脖子，笑道："就这份礼，我已经觉得超级满足了。"

毕业典礼那天果然兵荒马乱，酷热的天气里，毕业生们穿着又大又宽的学士服在大太阳底下拍照，像参观景点一样保持着笑容和家人、朋友、老师一一合影，最后拖着几近晒熟了的身子往学校礼堂走。

校长已经和毕业生们握了几天的手，据传右手已经肿得不像样，但仍然坚持着为K大的每一位毕业学子送上祝福。音乐学院的学生本就不多，齐卿卿所在的管弦系更是人少。她站在队伍里没等多久就上了台，行过拨穗礼领了毕业证，赶紧下台想去休息。温行止全程带着微笑注视着她，那温柔又慈祥的神情简直和旁边的她爸难分伯仲。她抱着毕业证走下礼台，看见他在观众席里起身，穿过人海来到她面前。

他笑吟吟地递给她一本烫金封面的证书："毕业礼物。"说完又摁住齐卿卿要翻开的手，"可能有点惊吓，你要有心理准备。"

齐卿卿被"惊吓"两个字震了一下："该不会是结婚证吧？办假证可是犯法的啊！"

温行止失笑，齐卿卿火速打开一看，上面印着的LOGO和英文没几个是她认识的，甚至还标有类似坐标的数字。她一路扫到最后，被几个斜体单词震住：*Qiqingqing Star*（齐卿卿星）。

"这是我们在冒纳凯阿火山上发现的小行星，现在已经被全球八个天文台观测证实，有了属于它的国际永久编号。发现者拥有行星命名权，所以，这个名字可不是商业公司拿来行骗的小伎俩，而是货真价实地获得了国际小行星中心和国际小行星命名委员会认可的，往后在天文界被承认和使用的名字。"

齐卿卿简直出奇地震惊，她指指手上的证书，又指指自己的鼻尖：“我？”

“对，你。”温行止轻声说着，语速很慢，但一如既往的温柔，“从今往后，在浩瀚的宇宙里，会存在着一颗和你拥有一样名字的小行星。往后我每一次凝望星空，都是在凝望你。”

你永远是我最爱的星星。

他腰间一热，反应过来时，她已经踮起脚吻了过来。微湿的唇瓣轻轻贴合，像奋力跃出海面的小海豚，终于把满腔的喜欢和热情都捧到他眼前，交到他手中。

她想起离开冒纳凯阿火山时许下的愿望，那时她还不知道世上有齐卿卿星的存在，但只要看着身边的人，就觉得自己已经拥有了整个宇宙。所以，她向神明许愿，希望一切顺遂，万事静好，她喜欢的人能够一直发光，而她能够成为围绕着他的某一颗小行星，能在往后的人生里，因为向往他而折射出微弱的光。

然后，宇宙静默，星河万顷，他一眼就发现了那颗属于她的星星。就像人海茫茫，万物都被冲散在时间长河之中，他偏偏选择牵起她的手。

Extra 01

the Galaxy and his cat

无限期拥有你

（1）

齐卿卿入学波士顿音乐学院后还是申请了学生公寓，但多数时间还是待在温行止的公寓里。两个人的生活开始交叠，她首先面临的挑战是：温行止那严重到无人能敌的挑食和洁癖。

比如说齐卿卿会问：“晚上吃什么？”

他说：“都可以。”

“那去吃泰国菜。”

“不要。”

他闻到很重的咖喱味会不停地打喷嚏。

“那意大利面？”

“不是很想吃面食。”

“你不是说都可以吗？”

“除了这些，其他的都可以。”

才怪！“都可以”的意思明明就是“都不行”！

几番交战之后，齐卿卿亲自下厨煮牛肉饭，费了好大劲之后端出来一盘还算看得过去的食物，她眼看着温行止坐在餐桌前绿了脸。

她很是大度地安慰温教授：“你放心，我按照你的指示把肉煮到了 74 度以上，我用你放在厨房的温度计量过了。”

温行止的脸色从绿变白：“那个温度计的计量单位是华氏度，我说的 74 度是摄氏度。”

她恍然大悟地“噢”了一声，顺手把盘里呈糊状的牛肉倒进垃圾桶里，貌似无意地提问：“那，究竟是吃泰国菜，还是意大利面呢？”

他一秒都没有犹豫：“意大利面。”

（2）

温行止的洁癖谈不上严重，但绝对不是什么可忽略的小事。虽然他看起来是风轻云淡、什么都不在乎的温润模样，但仔细观察会发现他绝对不会和陌生人产生肢体接触，绝对不会轻易触碰来历不明的物体，更遑论在中式餐桌上吃别人夹给他的菜了。

某次华裔教授的聚会上，温行止携齐卿卿出席。席间坐在温行止右手边的某位中年教授顺手用公筷给他夹了块鸡胸肉，眼睁睁地看着温行止微笑着扯远话题，然后自以为不着痕迹地把整个碗推远，换上另一个干净的碗。

他正尴尬着，上了一道饭后果盘。齐卿卿拿过一个剥好的橘子，直接上手掰开一瓣塞进温行止嘴里，温行止先是惊讶地微一挣扎，随之认命地乖乖吃下。

吃着吃着，他还有些不死心："你洗手了吗？"

齐卿卿正嚼着橘子："你看见我洗了吗？"

"没有。"

"那就是喽。"

现在抠喉显然是来不及了……

到后来，齐卿卿那些不符合他标准的"不卫生"行为终究没能被更正，他反而被同化成能接受回家不换衣服直接往床上躺的"异类"。齐卿卿有回兴起问他："你怎么不当我的卫生委员了？"

他说："想着后半生还要一起生活，我还是提前适应比较好。"

噢，当然，和温行止一起生活还是有非常多好处的。比如最值得表扬的就是他一生气就喜欢做家务，忙累了还要主动开口哄她做晚饭这茬儿，她可是相当受用……

（3）

某天下午下课回到家，看到温行止盘腿坐在沙发上整理他的钱包，她火速凑过去：“你在干吗？”

“我母亲说现在两个人生活，开支大些，就把之前帮我管理着的一些存款和理财项目交接了过来。”

齐卿卿若有所思地点点头：“欸，那我们以后谁来管钱啊？”

温行止看着她，直接把手边的资料推给她：“你想管的话，现在归你管也行。”

齐卿卿如拨浪鼓般摇头：“我不要。”

温行止眨了眨眼睛，神色多了一份认真：“我说真的。”

“我也是说真的，我不要。”从小她都没有什么理财观念，财政方面一直都是听妈妈的话，家里给多少就花多少。要是温行止一下子把他的财产全部交给她，她再秉持着原来“有多少花多少”的原则，那后果真是……

“欸，要不我把我的钱都给你吧。”说完，她马上钻进房间里，翻出钱包里的几张银行卡，走过去塞给他，“给你。”

温行止愣了："什么？"

她一张一张地给他介绍："工资卡，压岁钱卡，爸妈打生活费的卡……都给你，没钱了我会问你要的。"

温行止哭笑不得："不都是女孩儿管男朋友的钱吗？"

"高考之后，我连心算四位数相乘都做不到，你确定要把你的资产交给我管理吗？"

"从投资学的角度来说，风险是有点大……"

"那你快拿着，我来波士顿之后每个月都超支，我自己来理财真的会破产的。"

他突然勾出一个坏笑："可以是可以——但我有什么好处吗？"

齐卿卿笑着抱他的腰，陷进他怀里："奖励你帮我管一辈子。"

他无奈地低笑："我怎么有种稀里糊涂成了非法劳动力的感觉？"

"非法？那怎么样才算合法？"

"当然是持证上岗。"

"什么证？证券从业资格证？那你有吗？"

"不是。"他掐掐她的脸颊，"我说——结婚证。"

Extra 02

the Galaxy and his cat

不完美少年

(1)

温行止早慧，很小的时候便显现出和同龄人的巨大差距，加之各种传言不懈地将他神化，造成了即便他性子温柔随和也仍然被视为“神坛上的完美人物”，人人敬而远之的结果。

十四岁时他拿过一个省级大奖，颁奖典礼前一周得知获奖名单，一同传来的还有他被省长点名要求他能在典礼上和省长女儿四手联弹的消息。

他向来不知道如何应付这种权贵间的交际，只得都听从母亲的安排，开始每周三天放学后到省少年宫排练的生活。他从前虽然学过几年钢琴，但也只是靠脑子记得一些基本知识和指法，弹得来几首人人耳熟能详的简单曲子，再没有多少深入发展的兴趣。省长的女儿比他大三岁，柔柔弱弱的，一开口就是十级难度的赫玛尼诺夫，他当场反感地扶额。

但良好的教养和极强的自尊让他没法儿提出反对，那姑娘和钢琴老师一口一个“你可是天才啊”，像密封带一样粘住他的嘴。他硬着头皮练了几天，却因为他心不在焉而毫无进展。

某天下午，他随便找了个借口溜出琴室，在大厅中央展出的“G省杰出青少年”光荣榜上看见两个身影。

一男一女，身形是差不多的矮小清瘦，男生正一脸烦躁地接过女生背上的大提琴，艰难地背到自己身上。女生趁此间隙扫了一眼光荣榜，看到第一名的温行止，迷惑道：“十二岁上高中？这是正常人的人生轨迹吗？”

男生的数学显然也不怎么样：“我们十二岁的时候，不应该在上初一吗？还是初二？”

“他直接领先同龄人三四年啊？难怪荣登光荣榜第一，果然数学好是会被上帝偏爱的。”

男生笑了：“那凭你的数学成绩，大概要成为上帝的弃儿吧，哈哈哈哈！”

女生带着一股子浑然天成的傲气，抱臂道：“我数学不好，是因为我要在别的地方做到无人能及好吗？”

“比如饭量方面？”

“你说什么？”

“那不然是跑调，哭鼻子？进错拍耍赖？在这些方面，你简直都称王称霸啊。”

“你就不能说点儿正常的吗？”

男生沉思片刻：“想不出来你有哪些正常的长处。所以，你就是单纯的数学不好罢了，别安慰自己了。”

“程之栩，我看你是找死！”

“你看，说不过我就要动手！”

女生硬生生地忍住怒气：“可是每个人都会有做不到的事情啊，这不是很正常吗？干吗非要我数学好啊，我就是只会拉琴不会解方程，我觉得也没什么问题啊。”

男生抬头看见了什么，笑意快要溢出来：“数学不好不是重点，我就是想笑你蠢而已，猪头三。”说罢拔腿就往外跑。

女生气呼呼地追过去，两个人又打又闹，笑声落了一路。

（2）

温行止再回到琴室时，老师和那个姑娘都等在那里。他木然地坐过去，貌似随口地问：“你有没有什么做不到的事情？”

“有啊，我……不能自己涂指甲油。”

好一个无关痛痒的回答。

“那你觉得，我有没有什么做不到的事情？”

姑娘想起温行止的履历，上面那长得不可思议的获奖介绍涵盖了她常识里可知的多个方面，她下意识地摇头。

他有点生气，沉默了几秒，最后还是微笑道：“那你错了。我做不到吃大多数人们喜欢吃的食物，我怕尖嘴禽类，有人形巨物恐惧症、洁癖症、强迫性人格障碍，我做不到的事情很多。”

那姑娘完全没明白他的意思：“所……所以呢？”

“所以不差这一件。”他起身离开琴椅，“麻烦你父亲另请高明吧。如果他不开心，撤回给我的奖项也可以，反正，我也不差那一个。”

老师追过来挽留他：“你不想弹钢琴，我们可以表演点儿别的呀！”

“让我现场展示哥本哈根量子论观测如何引起波函数坍缩吗？你们不觉得无聊，我还觉得是在对牛弹琴呢。”说罢，他觉得自己这话有些刻薄，不得已补充一句礼貌的告别，“那老师，再见。”

言毕，他甩手关上门，沉闷的声响打落他心上的烦躁，他心情大好地朝大门口走去。

这是他头一次能如此理直气壮地面对自己的缺点，他沿着刚才那个女生的思维想下去，干吗他非要会弹赫玛尼诺夫？他就是只会搞量子物理不会搞音乐，他觉得也没什么问题啊。

他一门心思地想着，自然没有注意到坐在齐妈妈车里经过的齐卿卿。一人一车迎面而行，擦肩而过时，齐卿卿看了一眼窗外的高瘦少年，只是一个模糊的侧影，却生出难以言说的熟悉感。

“谁啊？”坐在身旁的程之栩看她眼睛都移不开了，好奇地问。

“不认识，但又好像很熟悉……”

“那没事，要是认识的，下次再遇见你就能认出来了。”

齐卿卿点头收回目光。那时候她尚且年幼，不知道往后的人生会有多少荣光，历经多少坎坷，得到的一刻也同样意味着失去。世事在后来兜兜转转，她再遇见那个清瘦少年时彼此都已经遗忘了年少时匆匆的一瞥。但他带着满身的光和笑意站在她面前，她便笃定地知道，这是世界赠予她最温柔也最浪漫的一份礼物。

图书在版编目（CIP）数据
银河与他的猫 / 杨清霖著 . -- 上海 : 上海文化出版社 , 2020.5
ISBN 978-7-5535-1892-3
Ⅰ . ①银… Ⅱ . ①杨… Ⅲ . ①长篇小说 - 中国 - 当代Ⅳ . ① I247.5
中国版本图书馆 CIP 数据核字 (2020) 第 040527 号

责任编辑　蔡美凤
特约编辑　封　言
装帧设计　刘　艳　西　楼
封面绘制　高梦雪
印务监制　周仲智
责任校对　周　萍

银河与他的猫
杨清霖　著

出版　上海文化出版社
出品　上海故事会文化传媒有限公司
（200020 上海市绍兴路 74 号　www.storychina.cn）
发行　长沙大鱼文化传媒有限公司发行中心
印刷　长沙鸿发印务实业有限公司
开本　880×1230　1/32　印　张　9.125
版次　2020 年 7 月第 1 版　印　次　2020 年 7 月第 1 次印刷
书号　ISBN 978-7-5535-1892-3/I.739
定价　36.80 元

上海故事会文化传媒有限公司 出品（00948）www.storychina.cn

本书如有印装问题，请与印刷厂联系调换。联系电话：0731-82755298